瑞蘭國際

法國人怎麼說
口語詞彙‧慣用語‧手勢

楊淑娟、David Fontan　合著

一般人學習外國語的主要目的就是要能夠與外國人溝通，繼而了解並學習他們的思維與文化。法語之美，在於它在不同情境之下有不同的表達方式，亦即使用時必須講究層次之差異。例如：「一本書」un livre（標準語）/ un bouqin（通俗語）；「看書」lire（標準語）/ bouquiner（通俗語）；「錢」l'argent（標準語）/ le fric（通俗語）/ le pognon（粗俗語）。

法語之層次包括：「典雅語言」（langue soutenue），用於書寫與文學作品；「標準語言」（langue standard）：用於書寫與口語；「通俗語言」（langue familière），用於口語，通常是與熟悉的朋友或家人交談時所用的語言、也常出現於法國電影中的對白、電視與電台廣播節目、短劇、法國現代小說作品之生活寫實中；至於「更通俗語言」（langue populaire），用於口語；「低或粗俗用語」（langue grossière）則屬於粗俗口語。

大學的法語課程中教師宜以標準語言授課為主，俾讓學生能學習正確地運用書寫與口語之法文。當他們想進一步探討法國生活文化與研修法國文學作品時，認識法語用字程度、層次之差異則是非常重要的課題。

本書分為三章，依字詞之用法其內容分述如下：

第一章口語詞彙：包括動詞、名詞與形容詞。

        動詞：日常生活、人際關係、否定的行動與離開。

        名詞：日常生活、人物、東西、人的缺點、問題與情感。

        形容詞：人的外表描述、優點與缺點與狀況。

第二章慣用語：人的優點與缺點、做事的方法、事情的處境與狀況、人所處的狀態、比較。

第三章手勢的象徵：人所處的狀況、不滿意、不確定、意見與評估、禮貌用語。

書中的口語詞彙、慣用語及手勢的象徵之用語都標示出三種語言的層次，並以文字縮寫代表：「LC」（Langue courante 日常用語）、「LF」（Langue familière 通俗用語）、「LTF」（Langue très familière 非常通俗用語）。慣用語有直譯與意譯，後者儘量找出相等的中文片語。手勢的象徵則配以相片解說如何比劃。所有的字詞及對話皆以雙語列出，讓學習者更清楚該詞彙、慣用語與手勢之用法，此為本書的特色之一。

在此我們兩位作者非常感謝參與錄音工作的法籍人士，包括Anne-Laure Vincent及Wendy Périé女士與Romain Gadant及David Rioton先生；中央大學法文系林德祐教授與國立台北教育大學楊淑媚教授給予很多寶貴意見；瑞蘭國際有限公司提供我們出版此書的機會，最後感謝淡江大學外語學院提供此書參與「重點計畫」。

期盼本書能提供學習者對法語語言文化、辨識法語在書寫與口語表達上不同之參考，尤其是法語語言層次之用法、法國人的生活慣用語及手勢之意義，進而從中體會法語之美。

淡江大學法文系專任教授

楊淑娟

Une parfaite maîtrise du lexique, de la prononciation et de la grammaire ne suffira pas, malgré tout le mérite d'y être parvenu, à s'exprimer avec tout le potentiel de la langue française. Des codes de communication plus profonds, issus de la créativité des locuteurs et de la culture dont ils sont imprégnés, existent dans chaque langue. Ce recueil a pour objectif de présenter aux lecteurs trois formes d'expression qui relèvent de ce domaine : le vocabulaire argotique, les expressions idiomatiques et les gestes emblèmes. Étrangers, apprenants ou enseignants de français, linguistes, touristes ou simplement curieux, ce livre qui vous fera découvrir des aspects de la langue française chargés de culture, d'histoire, de poésie et d'humour, s'adresse à tous ceux qui se demandent : « comment disent les Français ? ».

Dans une langue, afin de préciser le degré de formalité ou de familiarité, on distingue généralement trois niveaux de langue, appelés aussi registres de langue : soutenu, courant ou standard, et familier. Les contenus de ce livre ayant pour objectif de permettre d'être compris et utilisés dans la vie quotidienne, donc dans des situations souvent informelles et plutôt orales, il nous a semblé adéquat d'utiliser une classification dans les trois niveaux suivants : courant, familier et très familier.

(LC) Langue courante : peut être utilisé dans la plupart des situations de la vie courante.

(LF) Langue familière : à utiliser seulement face à des interlocuteurs avec qui on a une relation plutôt proche.

(LTF) Langue très familière : à utiliser seulement si l'on est sûr que les interlocuteurs ne seront pas choqués par la familiarité ou la vulgarité.

En lisant ce recueil, vous découvrirez des aspects de la langue française profondément culturels, que l'on aborde rarement dans des cours de langue. De plus, vous pourrez, notamment si vous allez en France ou si vous fréquentez des Français, comprendre plus profondément les discussions de la vie quotidienne et y participer de manière appropriée au degré de formalité ou de familiarité des situations.

David Fontan

如何使用本書

　　為了讓法語學習者說出法國人真正在說的法語，本書精心挑選出法國人最常說的「口語詞彙」、「慣用語」，以及在說話聊天的過程中常會加上的「手勢」，將這三大單元集結成書，要您的法語突飛猛進！

Part 1 口語詞彙　依據情況使用不同層次的用語，讓您的法語說得更道地！

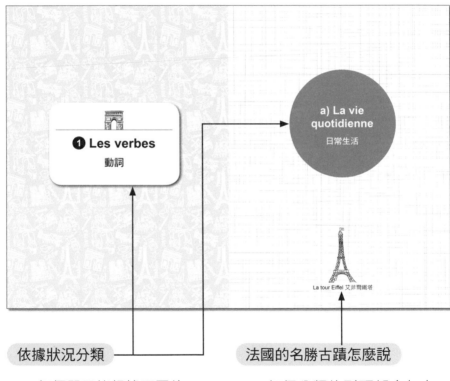

① Les verbes
動詞

a) La vie quotidienne
日常生活

La tour Eiffel 艾菲爾鐵塔

依據狀況分類

　　每個單元皆根據不同的狀況分類，查詢更容易，學習最輕鬆！

法國的名勝古蹟怎麼說

　　每個分類的刊頭都會加上一個名勝古蹟的小插圖，同步教您「艾菲爾鐵塔」、「巴黎聖母院」的法語怎麼說！

詞彙層次說明

每個詞彙皆有標示語言使用的層次:「LC」(Langue courante 日常用語)、「LF」(Langue famailière 通俗用語)、「LTF」(Langue très familière 非常通俗用語),什麼情況該使用什麼樣的用語,一目了然!

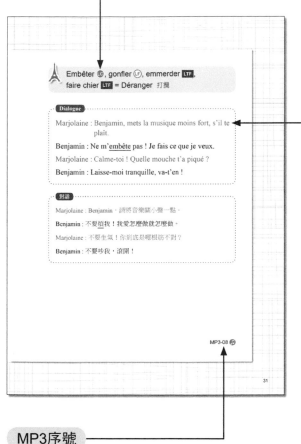

生活會話

不管是「口語詞彙」、「慣用語」還是「手勢」都搭配有非常實用、生活化的會話,跟著會話學習,記憶更深刻,同時就能說出法國人會說的法語!

MP3序號

搭配生動活潑的MP3,聽法籍老師的語氣和發音做練習,只要多聽多說,您也能說出一口流利又漂亮的法語!

Part 2

慣用語　在法語對話中加上慣用語，更能讓法國人刮目相看！

直譯與意譯

每個慣用語皆有直譯與意譯，並盡量用相似的中文片語來說明意譯，讓您能更快理解與使用法語中的慣用語！

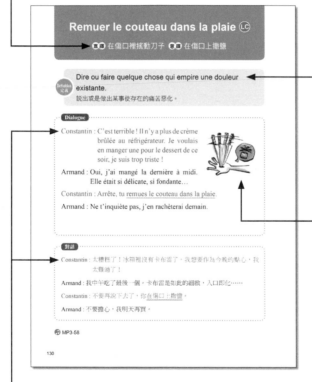

定義

用淺白易懂的解釋說明慣用語的用法，提高學習使用的成效！

趣味性十足的插圖

每則慣用語的插圖以直譯的方式呈現，生動有趣，對照意譯學習，不但可增加學習的樂趣，一邊還可輔助記憶，發揮聯想力，輕鬆就能將慣用語記起來！

中法對照說明

全書詞彙、翻譯、說明、定義與對話皆有中法對照，看中文，學習輕鬆、理解快速有效率；看法文，對照中文說明，更能深入理解法語的精髓，同時也能增進法語的閱讀能力！

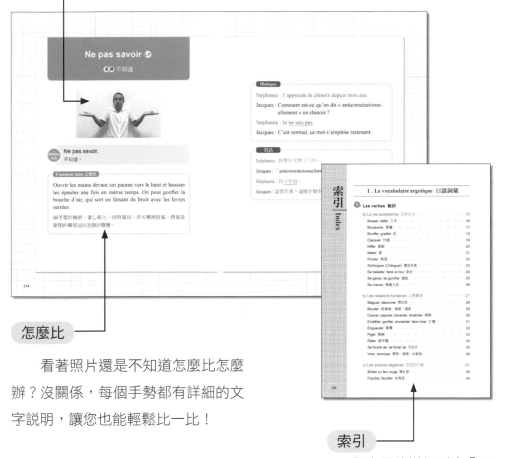

手勢的象徵

手勢的照片

想知道法國人在對話時都比哪些手勢嗎？看著照
片跟著比比看吧！

怎麼比

看著照片還是不知道怎麼比怎麼
辦？沒關係，每個手勢都有詳細的文
字說明，讓您也能輕鬆比一比！

索引

全書最後詳細列出「口
語詞彙」、「慣用語」、
「手勢」的每一個用語，
查找使用一次到位！

LC   **Langue courante** 日常用語

LF   **Langue famailière** 通俗用語

LTF   **Langue très familière** 非常通俗用語

I

Le vocabulaire argotique

口語詞彙

1 Les verbes

動詞

a) La vie quotidienne

日常生活

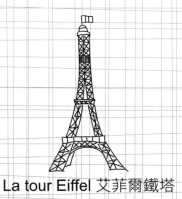

La tour Eiffel 艾菲爾鐵塔

Bosser (LF), taffer (LF) = Travailler 工作

Dialogue

Philippe : On va au cinéma ce soir ?

Valentine : Non, je suis désolée, je dois préparer des dossiers pour une réunion importante demain matin.

Philippe : Mais non, tu bosses trop ! Viens, ça va te détendre.

Valentine : Non, ce n'est pas possible.

對話

Philippe：我們晚上去看電影好嗎？

Valentine：不行，很抱歉，我得為明天一個重要的會議準備資料。

Philippe：不要做了，妳工作太多了！走吧，去看電影會讓妳放鬆自己。

Valentine：不行，這是不可能的。

 MP3-01

Bouquiner (LF) = Lire 看書

Dialogue

Sébastien : Maintenant, tout le monde utilise souvent son smartphone dans le métro.

Marine : À Paris, il y a plus de gens qui <u>bouquinent</u>.

Sébastien : Les Français sont très intellectuels !

Marine : Pas tout à fait, c'est parce qu'ils ont peur qu'on vole leur téléphone.

對話

Sébastien : 現在所有的人在捷運裡經常使用智慧型手機。

Marine : 在巴黎有比較多的人<u>看書</u>。

Sébastien : 法國人是知識分子類型！

Marine : 不完全是這樣，那是因為他們害怕別人搶他們的手機。

MP3-01 🎵

Bouffer (LF), grailler (LF) = Manger 吃

Dialogue

Fannie : Julie, tu peux mettre le couvert, s'il te plaît ?

Julie : Oui, Maman. Papa <u>bouffe</u> avec nous ?

Fannie : Il mange avec nous, oui.

Julie : Il rentre à quelle heure ? J'ai faim.

對話

Fannie : Julie，請妳擺餐具，好嗎？

Julie : 好的，媽媽。爸爸跟我們<u>吃飯</u>嗎？

Fannie : 是的，他跟我們吃飯。

Julie : 他幾點回來？我肚子餓了。

♫ MP3-02

Casquer ⓁⒻ = Payer 付錢

Ophélie : Lucas a eu un accident de voiture hier soir. Il est rentré dans un arbre.

Joseph : Il va bien ?

Ophélie : Lui, il n'a rien. Mais pour réparer tous les dégâts sur sa voiture, il va <u>casquer</u>.

Joseph : Ce n'est pas grave, il est riche.

對話

Ophélie : Lucas 昨天發生車禍，他撞到了一棵樹。

Joseph : 他好嗎？

Ophélie : 他沒受傷。但是要修理他的車就要<u>花</u>一大筆錢。

Joseph : 沒關係，他很有錢。

Kiffer (LF) = Aimer, apprécier 喜歡

Dialogue

Élodie : Tu viens voir le nouveau film avec les serpents qui attaquent une ville ?

Jade : Ça fait peur, je ne préfère pas regarder ce film.

Élodie : Je kiffe les films d'horreur avec des monstres ou des fantômes.

Jade : Moi, je préfère les contes de fée et les histoires d'amour.

對話

Élodie : 妳來看那部新片嗎？就是有蛇攻擊一個城市的。

Jade : 這令人害怕，我比較不喜歡看這部影片。

Élodie : 我喜歡魔怪或是幽靈的恐怖片。

Jade : 我比較喜歡童話與愛情故事。

 MP3-03

Mater LF = Regarder 看

Violette : Ils sont bizarres, les deux garçons à la table d'en face.

Jennifer : Pourquoi ?

Violette : L'un a des tatouages partout, l'autre a un piercing au nez.

Jennifer : Arrête de les <u>mater</u> comme ça, tu vas nous attirer des ennuis.

對話

Violette : 在對桌的那兩個男生很奇怪。

Jennifer : 為什麼？

Violette : 一位身上到處都有刺青，另外一位穿鼻洞。

Jennifer : 妳快別這樣盯著他們<u>看</u>了，到時候給我們惹禍上身。

MP3-03 🎵

Picoler ⒧ = Boire de l'alcool 喝酒

Dialogue

Kévin : Les Français aiment boire un peu de vin à table.

Bruno : C'est vrai, cela fait partie de leur vie quotidienne.

Kévin : Il paraît que si on <u>picole</u> un peu tous les jours, on vit plus longtemps.

Bruno : Bon, à partir de demain, je vais boire plus souvent.

對話

Kévin : 法國人喜歡在用餐時喝一點酒。

Bruno : 這是事實，這是他們生活的一部分。

Kévin : 聽說如果每天<u>喝</u>一點<u>酒</u>，可以延年益壽。

Bruno : 好吧，從明天開始，我會常喝酒。

 MP3-04

Schlinguer (Chlinguer) Ⓛꜰ = Sentir mauvais 聞起來臭

Dialogue

Amandine : Charles, c'est toi qui as le dossier des clients qu'on a vus ce matin ?

Charles : Oui, une seconde, je le cherche.

Amandine : Tu devrais ouvrir la fenêtre, ça <u>schlingue</u> dans ton bureau.

Charles : Oui, c'est un fromage que m'ont offert les clients.

對話

Amandine : Charles，你有今天早上我們見過的客戶的資料嗎？

Charles : 有的，等一下，我找找看。

Amandine : 你應該打開窗戶，你的辦公室整個<u>臭氣</u>撲鼻。

Charles : 是啊，是那些客戶送我的這一塊乳酪的味道。

MP3-04 🎵

Se balader **Lc** , faire un tour **Lc** = Se promener　散步

Dialogue

Delphine : J'ai bien mangé.

Alexis : Moi aussi, c'était délicieux.

Delphine : On va se balader près de la rivière pour digérer ?

Alexis : Bonne idée.

對話

Delphine : 我吃得很飽。

Alexis : 我也是，這餐真美味。

Delphine : 我們去河邊散步讓胃消化，好嗎？

Alexis : 好主意。

 MP3-05

Se gaver ⓁⒻ, se goinfrer ⓁⒻ = Manger trop 塞飽

Dialogue

Laurianne : Mon fils mange beaucoup.

Ségolène : C'est normal, il est en croissance, il lui faut des calories...

Laurianne : C'est vrai. Ce qui est bien, c'est qu'il fait beaucoup de sport, mais après ça, il se gave. Cela m'inquiète.

Ségolène : Tiens, voici l'adresse d'une nutritionniste, tu peux la consulter.

對話

Laurianne：我兒子吃得很多。

Ségolène：這很正常，他正在發育生長中，他需要卡路里……

Laurianne：我完全同意妳的說法。他做很多運動這是好事，但是之後他就猛吃，令我擔心。

Ségolène：這是一個營養師的地址，妳可以帶妳兒子去看診。

Se marrer (LF) = Rire 捧腹大笑

Clotilde : Hier soir, tu es allé chez Pierre ?

Jacob : Oui, son copain était très marrant, il nous a raconté plein de blagues drôles. On s'est marrés comme des fous.

Clotilde : Moi, j'ai une bonne blague, vous voulez que je vous la raconte maintenant ?

Jacob : Garde-la pour la prochaine fois.

對話

Clotilde : 昨天晚上你去 Pierre 家了嗎？

Jacob : 去了，Pierre 的朋友很滑稽，他跟我們說了很多好笑的笑話。我們捧腹大笑像個瘋子。

Clotilde : 我有一個好笑的笑話，要我現在講嗎？

Jacob : 留著下次說吧！

🎵 MP3-06

b) Les relations humaines

人際關係

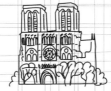

Notre-Dame de Paris 巴黎聖母院

Blaguer ⓛⓒ, déconner ⓛⓕ = Plaisanter 開玩笑

Dialogue

Elsa : Tu t'es bien amusée au mariage de ma sœur ?

Vanessa : Oui. Ton beau-frère est très drôle !

Elsa : Oui. Il blague tout le temps.

Vanessa : Ta sœur a de la chance. L'humour est une qualité importante.

對話

Elsa : 妳在我妹妹的婚禮上玩得很開心嗎？

Vanessa : 很開心。妳妹夫很有趣！

Elsa : 是啊。他老愛開玩笑。

Vanessa : 妳妹妹很幸運。幽默是一個很重要的特質。

 MP3-07

Bouder LF = Faire la tête 板著臉、賭氣、嘔氣

Juliette : Cédric, tu ne vas pas à l'école ?

Cédric : Non, parce que la maîtresse est malade.

Juliette : Tu devrais être content. Pourquoi tu <u>boudes</u> ?

Cédric : Parce que Papa ne me laisse pas jouer dehors.

對話

Juliette : Cédric，你不去上課嗎？

Cédric : 不去，因為老師生病了。

Juliette : 你應該高興的。為什麼你<u>板著臉</u>？

Cédric : 因為爸爸不讓我出去玩。

MP3-07

Causer (LF), papoter (LF), bavarder (LF), tchatcher (LF)
= Discuter 閒聊

Dialogue

Anthony : He, les filles, ça fait une heure que vous êtes
là, qu'est-ce que vous <u>papotez</u> ! De quoi vous
parlez ?

Charlène : Ça ne vous regarde pas.

Anthony : D'accord. Qu'est-ce que vous faites ce soir ?

Charlène : Ça ne vous regarde pas.

對話

Anthony : 嗨，女孩們，妳們在這兒有一小時了，妳們真愛<u>閒
聊</u>！妳們正在談什麼事情？

Charlène : 不關你們的事。

Anthony : 好吧。妳們今晚做什麼？

Charlène : 不關你們的事。

 MP3-08

Embêter **LC**, gonfler **LF**, emmerder **LTF**,
faire chier **LTF** = Déranger 打擾

Marjolaine : Benjamin, mets la musique moins fort, s'il te
plaît.

Benjamin : Ne m'<u>embête</u> pas ! Je fais ce que je veux.

Marjolaine : Calme-toi ! Quelle mouche t'a piqué ?

Benjamin : Laisse-moi tranquille, va-t'en !

對話

Marjolaine : Benjamin，請將音樂關小聲一點。

Benjamin : 不要<u>煩</u>我！我愛怎麼做就怎麼做。

Marjolaine : 不要生氣！你到底是哪根筋不對？

Benjamin : 不要吵我，滾開！

MP3-08 ♫

Engueuler LF = Gronder, disputer 責罵

Dialogue

Alexandre : Pourquoi tu pleures ?

Sandrine : Ma mère m'a engueulée parce que son vase était cassé, mais ce n'est pas moi qui l'ai fait tomber.

Alexandre : Je sais, c'est moi...

Sandrine : Quoi ? Je vais le lui dire !

對話

Alexandre：妳為什麼哭？

Sandrine：媽媽罵我因為她的花瓶被打破了，然而不是我讓花瓶掉下去的。

Alexandre：我知道，是我打破的……

Sandrine：你說什麼？我要跟媽媽告狀！

 MP3-09

Piger (LF) = **Comprendre** 瞭解

Dialogue

Robert : Comment on compte les points à la pétanque ?

Edmond : C'est très simple. L'équipe qui a les boules les plus proches du cochonnet gagne un nombre de points égal au nombre de boules devant celles des adversaires.

Robert : Je n'ai rien <u>pigé</u>.

Edmond : Prends des boules, je vais te montrer en jouant.

對話

Robert：法式滾球如何計分？

Edmond：非常容易。哪一個隊伍有最多的球靠近小球，就獲得和對手球數一樣的積分。

Robert：我一點都聽不<u>懂</u>。

Edmond：拿幾個鐵球，我示範給你看。

MP3-09 🎵

Râler LF = Se plaindre 發牢騷

Dialogue

Cyril : Mon voisin fait la fête tous les samedis, ils font un bruit infernal.

Damien : Tu me dis ça toutes les semaines. Ça ne sert à rien de <u>râler</u>. Tu devrais aller lui parler.

Cyril : Tu as raison, la prochaine fois, j'irai le voir.

Damien : Il t'invitera peut-être à prendre l'apéro pour s'excuser.

對話

Cyril：我的鄰居每週六開慶祝會，吵死人了。

Damien：你每週都跟我說這件事。你<u>發牢騷</u>也沒有用。你應該去跟他說。

Cyril：你說得對，下次我去看他。

Damien：他或許會請你喝杯開胃酒以表歉意。

 MP3-10

Se foutre de **LTF**, se ficher de (LF)

= Ne pas se soucier de, se moquer de 不在乎

Dialogue

Jonas : Avec ta nouvelle coiffure, on dirait un clown.

Murielle : Ce n'est pas sympa. J'ai deux billets pour le concert d'Indochine, je n'irai pas avec toi !

Jonas : Je m'en fous, je n'aime pas le rock.

Murielle : Tant pis pour toi.

對話

Jonas：妳的新髮型看起來像小丑。

Murielle：你這樣說不友善。我有兩張Indochine樂團演唱會的票，我不會跟你去！

Jonas：我才不在乎，我不喜歡搖滾音樂。

Murielle：算了，你就不要去了。

MP3-10 🎵

35

Virer, renvoyer LC = Licencier 開除、解聘、炒魷魚

Dialogue

Justine : J'ai entendu dire que l'entreprise allait <u>virer</u> cinq personnes d'ici le mois prochain.

Richard : Sous quels critères ?

Justine : On ne sait pas trop. Si je me fais <u>virer</u>, je n'aurai qu'à trouver un mari riche, et toi ?

Richard : Pour l'instant je n'en ai aucune idée. Une chose est sûre, c'est que je prendrai de longues vacances.

對話

Justine : 我聽說從現在起到下個月公司會<u>開除</u>五位職員。

Richard : 標準是什麼？

Justine : 我們不太知道。如果我被<u>開除</u>，我就找位有錢的老公，你呢？

Richard : 目前我沒任何的想法。唯一可以確定的是，我要去渡長假。

 MP3-11

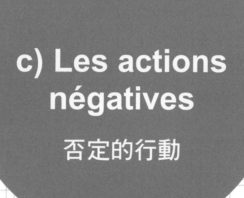

c) Les actions négatives

否定的行動

La basilique du Sacré-Cœur 聖心堂

Brûler un feu rouge 📢 = Griller un feu rouge 闖紅燈

Dialogue

Pauline : Tu as ton permis depuis quand ? Tu conduis vachement bien.

Sylvain : Depuis un mois. Si tu veux, je peux aller plus vite.

Pauline : Attention, j'ai l'impression que tu viens de <u>brûler un feu rouge</u>.

Sylvain : Ce n'est pas grave. Ça m'arrive souvent.

對話

Pauline：你什麼時候拿到駕照？你車開得超好的。

Sylvain：有一個月了。如果妳要的話，我可以開比較快一點。

Pauline：小心，我覺得你剛剛好像<u>闖紅燈</u>。

Sylvain：沒關係。我經常闖紅燈。

🎵 MP3-12

Fayoter / fayotter ⒧ = Agir dans l'intention d'être bien vu par un professeur ou un supérieur. 拍馬屁

Dialogue

Joanne : Regarde, j'ai retrouvé une photo de classe de quand on était au collège.

Emma : Ça fait longtemps ! Tu te souviens de Robert, le petit à lunettes ?

Joanne : Oui. Il fayotait toujours, à demander plus d'exercices, à dire à la prof qu'il avait tout compris, etc.

Emma : À part la prof, personne ne l'aimait, le pauvre.

對話

Joanne：妳看，我找到了一張我們在國中上課時的照片。

Emma：那是很久以前的事了！妳還記得那位矮個子戴著眼鏡的 Robert 嗎？

Joanne：記得。他總是很會拍馬屁，跟老師要求做更多的練習，跟老師說他全懂了等等。

Emma：那時除了老師，沒有人喜歡他，可憐的傢伙。

MP3-12 🎵

Piquer LC = Voler 偷竊

Dialogue

Catherine : Ton week-end à Paris, c'était bien ?

Bernadette : C'était super. J'ai visité le Louvre, le château de Versailles. Mais on m'a piqué mon portefeuille dans le métro.

Catherine : Ce n'est pas étonnant, il faut faire attention dans le métro.

Bernadette : Pas seulement dans le métro... Il faut faire aussi attention dans le bus, dans les magasins, dans la rue...

對話

Catherine : 妳在巴黎的週末好嗎？

Bernadette : 太棒了。我參觀了羅浮宮、凡爾賽宮。但是在地鐵裡，有人扒了我的錢包。

Catherine : 這不令人訝異，在地鐵裡要小心。

Bernadette : 不只是在地鐵裡……而且在公車、商店、街上都要當心……

🎵 MP3-13

Rater ⓛⓒ, foirer 【LTF】, louper ⓛⒻ = Échouer 失敗

Thierry : C'est la deuxième fois que je passe ce concours. J'espère que cette fois je vais l'avoir.

Renaud : Ça vaut la peine de continuer à essayer. Quand tu seras fonctionnaire, tu ne te feras aucun souci dans la vie.

Thierry : C'est vrai, mais si je <u>rate</u>, je ne pense pas le repasser.

Renaud : Mais si, sois courageux ! Dieu t'aidera.

對話

Thierry：這是我第二次報名參加這個考試。我希望這次能考過。

Renaud：繼續試是值得的。等你考上公務人員，你就能夠生活無虞。

Thierry：這是真的，但是如果我<u>失敗</u>，我就不想再考了。

Renaud：還是要考，要有勇氣！天助自助。

MP3-13 🎵

Se bastonner (LF) **= Se battre** 打架

Dialogue

Hervé : J'ai vu deux femmes avoir un petit accident de voiture, ce matin.

Fanny : Elles ont discuté calmement pour remplir un constat ?

Hervé : Non, elles se sont bastonnées, parce que chacune accusait l'autre d'être en tort.

Fanny : Les gens sont violents, de nos jours.

對話

Hervé：今天早上我看到兩個女人發生了一件小車禍。

Fanny：她們很平靜地做筆錄嗎？

Hervé：不，她們拳腳相向，互相指責對方有錯。

Fanny：現在的人都很暴力。

🎵 MP3-14

d) Le départ

離開

L'Arc de Triomphe 凱旋門

Se casser ⒧⒡, se tailler ⒧⒡, se tirer ⒧⒡, se barrer ⒧⒡, s'arracher ⒧⒡, dégager ⒧⒡, filer ⒧⒡
= S'en aller, partir 走、離開

Dialogue

Félix : Ce soir, je pars à Barcelone.

Louise : Tu restes encore cinq minutes ?

Félix : Non, je vais rater mon train. Je me casse.

Louise : D'accord. Bon voyage.

對話

Félix：今晚我出發去巴塞隆納。

Louise：你還有五分鐘的時間嗎？

Félix：沒有，我快趕不上火車了。先走一步了。

Louise：好吧。一路順風。

🎵 MP3-15

Se grouiller (LF), se magner (LF) = Se dépêcher 趕快

Dialogue

Laure : Christophe, il est quelle heure maintenant ?

Christophe : Il est bientôt 14 heures.

Laure : Notre film va commencer dans un quart d'heure. Grouillons-nous !

Christophe : Je suis prêt, allons-y !

對話

Laure : Christophe，現在幾點？

Christophe : 快要兩點。

Laure : 再過十五分鐘電影就要開演了。我們要趕快！

Christophe : 我準備好了，走吧！

MP3-15

❷ Les noms
名詞

a) La vie quotidienne

日常生活

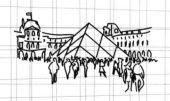

Le musée du Louvre 羅浮宮博物館

Une balade LC **, un tour** LC **= Une promenade**
散步、閒逛、蹓躂、走走

Dialogue

Rachelle : Si on faisait une petite <u>balade</u> en montagne ce
dimanche ?

Simon : C'est une bonne idée !

Rachelle : Et si on demandait à Didier de venir avec nous ?

Simon : Pourquoi pas ?!

對話

Rachelle : 這週日我們去山上<u>走走</u>，好嗎？

Simon : 好主意！

Rachelle : 如果我們找 Didier 一起去？

Simon : 有何不可？！

 MP3-16

Une blague LC = Une plaisanterie 玩笑

Christophe : Tu sais que Marion va se marier avec Jacques la semaine prochaine ?

Patrick : Non ! Je suis amoureux d'elle depuis le lycée.

Christophe : Je plaisante, c'était une <u>blague</u>.

Patrick : Ah, tu m'as fait peur.

對話

Christophe : 你知道 Marion 下週要跟 Jacques 結婚嗎？

Patrick : 不知道！我從高中就一直愛著她。

Christophe : 我鬧你的，純屬<u>玩笑</u>。

Patrick : 啊，你嚇了我一跳。

MP3-16 🎵

La bouffe ⓛⒻ = La nourriture 食物（飯菜）

Dialogue

Julia : Tu ne manges pas ?

Mathieu : Non, je n'ai pas faim.

Julia : Franchement, la <u>bouffe</u> n'est pas bonne dans cette cantine.

Mathieu : C'est encore pire dans l'autre !

對話

Julia : 你不吃嗎？

Mathieu : 不，我不餓。

Julia : 老實說，這家學校餐廳的<u>菜</u>不好吃。

Mathieu : 另外一家更糟糕！

♫ MP3-17

Une bouffe ⒧⒡ = Un repas avec des amis ou la famille. 與朋友或家庭用餐

Lise : Tu as quelque chose de prévu pour le réveillon du nouvel an ?

Benoît : Pas encore.

Lise : Il y aura une <u>bouffe</u> chez Isabelle. Tu viendras ?

Benoît : D'accord.

對話

Lise : 你除夕夜預計要做什麼呢？

Benoît : 還不知道。

Lise : Isabelle 將在家裡辦個<u>餐會</u>。你來嗎？

Benoît : 好啊。

Un boulot (LF), un taf (LF) = Un travail 工作

Dialogue

Julien : Ce soir, j'ai beaucoup de <u>boulot</u>, je ne peux pas aller au cinéma avec toi, désolé !

Camille : Ah, c'est dommage ! J'y vais seule alors.

Julien : D'accord, bon film !

Camille : Bon courage à toi !

對話

Julien：今天晚上我有很多<u>工作</u>要做，我不能跟妳去看電影，抱歉！

Camille：啊，真可惜！我就一個人去囉。

Julien：好啊，祝妳看電影愉快！

Camille：你加油了！

♪ MP3-18

Le fric ⓛⒻ, le pognon ⓛⒻ, le blé ⓛⒻ, les sous ⓛⒸ, la maille ⓛⒻ, l'oseille ⓛⒻ = L'argent 錢

Dialogue

Sophie : Je n'ai plus de <u>fric</u>, tu peux m'en prêter un peu ?

Inès : Pourquoi tu dépenses toujours tant de <u>pognon</u> ?

Sophie : Ça part trop vite…

Inès : Bon, je peux te dépanner, mais c'est la dernière fois.

對話

Sophie：我沒錢了，妳可以借我一點嗎？

Inès：為什麼妳總是花那麼多錢？

Sophie：錢一下就花光了……

Inès：好，我可以幫妳忙，不過，這是最後一次。

MP3-18 🎵

Le pif (LF) = Le hasard 碰巧

Dialogue

Carole : En général, quand tu joues au loto, comment tu choisis tes numéros ?

Margueritte : Je mets ma date de naissance ou mon numéro de téléphone. Et toi ?

Carole : Moi, je prends des numéros au <u>pif</u>, n'importe lesquels.

Margueritte : Voilà, c'est pour ça que tu perds à chaque fois.

對話

Carole : 一般來說，妳玩樂透，怎麼選號碼？

Margueritte : 我填我的生日或是我的電話號碼。妳呢？

Carole : 我<u>隨便</u>選號碼，任何一個號碼。

Margueritte : 妳就是這樣子才每次都輸。

 MP3-19

Un pot **LC** = Un verre, une boisson 飲料

Dialogue

Jérôme : Ça fait longtemps qu'on ne s'est pas vus, qu'est-ce que tu deviens ?

Isabelle : Je travaille dans une agence de publicité maintenant.

Jérôme : C'est bien ! Tu as cinq minutes ? Je t'invite à prendre un <u>pot</u> au café d'en face.

Isabelle : Avec plaisir.

對話

Jérôme：我們很久不見了，妳近況如何？

Isabelle：目前我在一家廣告公司工作。

Jérôme：很好啊！妳有五分鐘嗎？我請妳到對面的咖啡館喝一杯<u>飲料</u>。

Isabelle：非常樂意。

MP3-19 ♫

Le pot 🆖, la veine 🆖 = La chance 運氣

Dialogue

Laurent : C'est la première fois que je joue au loto, et j'ai gagné 500 euros !

Alain : Tu as du <u>pot</u> ! Moi, je joue depuis cinq ans mais je n'ai jamais gagné.

Laurent : Un jour, tu gagneras peut-être.

Alain : J'ai déjà perdu trop d'argent, j'arrête de jouer.

對話

Laurent : 我第一次玩樂透就中了五百歐元！

Alain : 你運氣真好！我玩了五年但是從來沒中過獎。

Laurent : 或許有一天你會中獎。

Alain : 我已經輸了太多錢，我不玩了。

 MP3-20

Un troquet 🔵 = Un café (lieu) 咖啡館

Dialogue

Sonia : Oh ! Je suis morte de fatigue, on s'arrête dans un troquet boire un kawa.

Jacques : D'accord, il y en a un nouveau sympa.

Sonia : Celui près de la bibliothèque ?

Jacques : C'est ça. On y va !

對話

Sonia：啊！我累死了，我們找間咖啡館喝杯咖啡吧。

Jacques：好，有一家新開的咖啡館，氣氛還不錯。

Sonia：靠近圖書館的那一家嗎？

Jacques：就是那一家。我們走吧！

Tu as du pot !

你運氣真好！

b) Les personnes

人物

La tour Eiffel 艾菲爾鐵塔

Un copain (une copine) **LC**, un(e) pote **LF**
= Un(e) ami(e) 男（女）性朋友

Dialogue

Amélie : Qu'est-ce que tu as fait hier ?

Thomas : Je suis allé au cinéma.

Amélie : Avec qui ?

Thomas : Avec un <u>copain</u>.

對話

Amélie : 你昨天做了什麼？

Thomas : 我去看電影。

Amélie : 跟誰去？

Thomas : 跟一個<u>男性朋友</u>。

MP3-21

Un(e) flic (LF) = Un(e) policier(ère) 警察

Dialogue

Olivia : Ta voiture roule bien.

Yann : Oui, elle va vite. Regarde, j'accélère.

Olivia : Ne roule pas trop vite ! Il y a toujours des <u>flics</u> dans
ce coin-là.

Yann : Ne t'inquiète pas ! Je fais très attention.

對話

Olivia : 你的車子性能很好。

Yann : 是的,它跑得快。看,我現在加速。

Olivia : 不要開得太快!這一帶經常有<u>警察</u>出沒。

Yann : 不必擔心!我會很小心的。

Un toubib (LF) = Un médecin 醫生

Dialogue

Benjamin : Sophie, tu es prête ? On y va ?

Sophie : Je suis désolée, je ne me sens pas très bien, j'ai une gastro-entérite.

Benjamin : Tu veux que j'appelle un <u>toubib</u> ?

Sophie : Non merci, je vais juste me reposer. Vas-y sans moi.

對話

Benjamin：Sophie，妳準備好了嗎？我們可以走了嗎？

Sophie：很抱歉，我非常不舒服，我腸胃炎。

Benjamin：妳要我打電話請<u>醫生</u>來嗎？

Sophie：不用了，謝謝，我只要休息就好了。你就一個人去吧。

 MP3-22

Un papi (LC), un pépé = Un grand-père 爺爺

Une mamie (LC), une mémé (LC)

= Une grand-mère 奶奶

Un papa (LC) = Un père 爸爸

Une maman (LC) = Une mère 媽媽

Un tonton (LC) = Un oncle 叔叔（伯伯、舅舅）

Une tata (LC) = Une tante 阿姨（嬸嬸、姑姑、舅媽）

Un papi, un pépé
= Un grand-père

Une mamie, une mémé
= Une grand-mère

Une maman
= Une mère

Un papa
= Un père

Un tonton
= Un oncle

Une tata
= Une tante

MP3-22 ♪

63

Un(e) gosse ⓁⒻ, un(e) gamin(e) ⓁⒻ
= Un(e) enfant 小孩子

Dialogue

Coralie : Samedi après-midi, je suis allée chez Isabelle avec des amis.

Nadine : Vous avez passé un bon moment ?

Coralie : C'était sympa, mais ses <u>gosses</u> étaient très bruyants.

Nadine : C'est normal, ils sont petits.

對話

Coralie : 星期六下午我跟幾個朋友去 Isabelle 家。

Nadine : 妳們渡過一個美好的時光嗎？

Coralie : 很不錯，但是她的<u>小孩子</u>太吵鬧了。

Nadine : 正常，他們還小。

 MP3-23

Un type ⒧⒡, un mec ⒧⒡, un gars ⒧⒡
= Un homme 男人

Noémie : En venant au bureau, il m'est arrivé quelque chose de bizarre.

Marjorie : Raconte !

Noémie : Un <u>type</u> m'a suivie pendant dix minutes, j'avais un peu peur, et finalement il m'a juste demandé son chemin.

Marjorie : Il était beau ?

Noémie : 我來上班時，發生了一件奇怪的事情。

Marjorie : 妳說吧！

Noémie : 一個<u>男人</u>尾隨我十分鐘，當時我有點害怕，最後他只是問我路。

Marjorie : 他長得帥嗎？

MP3-23 🎵

Une nana ⓛⒻ, une gonzesse ⓛⒻ, une meuf ⓛⒻ
= Une femme, une fille 女人、女孩

Nicolas : Ça y est, tu as déménagé ?

Tristan : Estelle m'héberge le temps que je trouve un logement.

Nicolas : C'est vraiment une nana sympa.

Tristan : C'est vrai.

對話

Nicolas : 你搬家搬好了嗎？

Tristan : Estelle 讓我住她家直到我找到一個住處。

Nicolas : 這實在是位親切的女孩。

Tristan : 這是真的。

 MP3-24

c) Les objets
東西

Notre-Dame de Paris 巴黎聖母院

Une bagnole ⓛⒻ = Une voiture 車子

Dialogue

Lætitia : Ton père a toujours sa vieille <u>bagnole</u> ?

Jérémie : Non, il en a acheté une nouvelle.

Lætitia : Il pourra nous la prêter ?

Jérémie : Tu rêves !

對話

Lætitia : 你父親總是開著他的老<u>車</u>嗎？

Jérémie : 不，他買了一輛新車了。

Lætitia : 他可以借我們開嗎？

Jérémie : 想都別想！

 MP3-25

Un bouquin 🄻🄲 = Un livre 書

Cédric : Qu'est-ce que tu fais ?

Alice : Je m'ennuie. Je ne sais pas quoi faire…

Cédric : Tu peux lire un <u>bouquin</u> ?

Alice : Non, je préfère sortir.

對話

Cédric : 妳在做什麼？

Alice : 我覺得很無聊。我不知道做什麼……

Cédric : 妳可以看<u>書</u>？

Alice : 不，我比較想要出門。

Une clope ⒧Ⓕ, une garo ⒧Ⓕ = Une cigarette 香菸

Dialogue

Alexandre : Tu as arrêté de fumer depuis quand ?

François : Depuis une semaine.

Alexandre : Moi, je fume cinq <u>clopes</u> par jour.

François : Mon vieux, ne fume pas trop, c'est mauvais pour la santé.

對話

Alexandre : 你戒煙戒多久了？

François : 一週了。

Alexandre : 我一天抽五根香菸。

François : 老朋友不要抽太多，對身體不好。

 MP3-26

Le pinard Ⓛ = Le vin 酒

Dialogue

Paul : Pour le dîner de demain, on prend du <u>pinard</u> ?

Virginie : Oui, du Bourgogne ?

Paul : Je préfère le Bordeaux.

Virginie : D'accord, j'en achèterai. On se rejoint chez Victor.

對話

Paul : 明天晚餐我們買瓶<u>酒</u>嗎？

Virginie : 好，買勃艮地酒嗎？

Paul : 我比較喜歡喝波爾多酒。

Virginie : 同意，我會去買。我們在 Victor 家見面。

MP3-26 🎵

71

Un truc (LF), un machin (LF) = Quelque chose 東西

Dialogue

Aurélie : Tu as déjà vu ça ?

Romain : C'est quoi, ce <u>truc</u> ? Ça sert à quoi ?

Aurélie : C'est pour ouvrir les bouteilles de vin.

Romain : Il a une forme bizarre.

對話

Aurélie：你看過這個嗎？

Romain：這<u>東西</u>是什麼？做什麼用？

Aurélie：用來開酒瓶的。

Romain：它的形狀很奇怪。

🎵 MP3-27

Des fringues (LF) = Des vêtements 衣服

Dialogue

Catherine : Si on allait faire du shopping ce week-end ?

Barbara : Tu veux acheter des <u>fringues</u> ?

Catherine : Pas forcément, on peut regarder d'autres choses.

Barbara : Si tu m'aides à choisir un smartphone, je veux bien y aller avec toi.

對話

Catherine：我們這個週末去逛街好嗎？

Barbara：妳要買<u>衣服</u>嗎？

Catherine：不一定，我們可以看看別的東西。

Barbara：如果妳能幫我選一支智慧型手機，我就想要跟妳一起去。

MP3-27 🎵

Quel fainéant !

多麼懶惰的人！

d) Les défauts

缺點

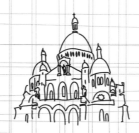

La basilique du Sacré-Cœur 聖心堂

Un(e) casse-pieds (LF) 討厭的人

Francine : Tu connais Luc ?

Annie : C'est celui qui a une moustache avec une queue de cheval ?

Francine : Oui, c'est lui. Hier, il m'a demandé de lui rapporter une boîte de caviar et des poupées russes de mon voyage à Moscou.

Annie : Demain il va te demander encore d'autres choses. C'est un <u>casse-pieds</u>, tu verras... Au fait, tu pourras me rapporter un collier d'ambre ?

對話

Francine : 妳認識 Luc 嗎？

Annie : 是留一撇鬍子及馬尾的那位嗎？

Francine : 是的，就是他。昨天他要我從莫斯科給他帶回一盒烏魚子醬與幾個俄羅斯娃娃。

Annie : 明天他還要妳幫他帶其它的東西。他是個<u>討厭的人</u>，妳看就知道……提到這事，妳可以幫我帶回一條琥珀的項鍊嗎？

 MP3-28

Un(e) fainéant(e) **LC**

= Un paresseux / une paresseuse 懶惰的人

Dialogue

Guillaume : Je vais chez Quentin.

Stéphane : D'accord. À plus tard.

Guillaume : Attends, tu peux m'emmener en voiture ?

Stéphane : Enfin ! C'est à cinq minutes à pied. Quel
<u>fainéant</u> !

對話

Guillaume：我去 Quentin 家。

Stéphane：好的。待會兒見。

Guillaume：等一下，你能開車載我去他家嗎？

Stéphane：得了！走路五分鐘就到了。多麼<u>懶惰的人</u>！

Un(e) fayot(te) **LF**, un(e) lèche cul **LTF**
= Un(e) lèche-botte　馬屁精

Dialogue

Charles : Tu connais la grande nouvelle ?

Louis : Laquelle ?

Charles : Jérémie a eu une promotion, il va être expatrié à
　　　　l'étranger.

Louis : Il ne mérite pas ce poste, mais il n'arrête pas de
　　　faire des compliments à la patronne. C'est un <u>lèche-botte</u>.

對話

Charles : 你知道天大的好消息嗎？

Louis : 哪個好消息？

Charles : Jérémie 升官了，他將被派到國外。

Louis : 他不夠資格得到這個職位，還不都是因為他不斷給他的
　　　女上司獻媚。他是個<u>馬屁精</u>。

 MP3-29

Un(e) pique-assiette (LF) 白吃白喝的人

Dialogue

Frédéric : Je trouve que Benjamin est hyper sympa.

Christian : Sympa, oui, mais c'est un <u>pique-assiette</u>.

Frédéric : Non, je vais souvent chez lui avec mes copains.

Christian : Mais vous êtes tous des <u>pique-assiette</u> alors.

對話

Frédéric：我覺得 Benjamin 人超好的。

Christian：人超好沒錯，不過是位<u>白吃白喝的人</u>。

Frédéric：不是，我經常帶我的朋友去他家。

Christian：你們不都是一群<u>白吃白喝的人</u>。

MP3-29

Un(e) poivrot(e) ⓛⒻ = Un(e) alcoolique
酒鬼、酒精中毒者

Pierre : Qu'est-ce qu'on fait ce soir ?

Jean-Baptiste : On va au bar ?

Pierre : Non, il y a toujours des <u>poivrots</u> qui parlent à tout le monde.

Jean-Baptiste : Justement, c'est ça qui est drôle.

對話

Pierre : 今晚我們做什麼？

Jean-Baptiste : 我們去酒吧好嗎？

Pierre : 不去，那裡總是有些<u>酒鬼</u>瘋言瘋語地找人聊天。

Jean-Baptiste : 就是這樣才好玩。

 MP3-30

Un(e) radin(e) (LF) = Un(e) avare 吝嗇鬼

David : Pour l'anniversaire de Lise, je lui ai offert une liseuse électronique. Et toi ?

Sandra : Moi, juste une petite cafetière. Par contre, Caroline est venue à la fête mais elle ne lui a rien offert.

David : Ça ne m'étonne pas, c'est vraiment une <u>radine</u>.

Sandra : Tu ne m'as rien offert pour mon anniversaire, n'est-ce pas ?

對話

David : Lise 生日的時候，我送給她一個電子書閱讀器。妳呢？

Sandra : 我只送她一個小咖啡壺。但是 Caroline 參加了她的慶生卻沒送任何東西。

David : 我一點都不驚訝，她真是個<u>吝嗇鬼</u>。

Sandra : 我生日你也沒送我禮物，不是嗎？

MP3-30 🎵

Qu'est-ce que tu as ?

你怎麼了？

e) Les problèmes

問題

L'Arc de Triomphe 凱旋門

Une baston ⓛⓕ = Une bagarre 打架

Dialogue

Vincent : Est-ce que ton fils t'a raconté ce qui s'est passé ce matin ?

Martin : Non, qu'est-ce qui s'est passé ?

Vincent : Il y a eu une <u>bagarre</u> à l'école.

Martin : Et alors, ça t'est arrivé aussi quand tu étais au collège.

對話

Vincent：你兒子有沒有跟你說今早發生的事情？

Martin：沒有，發生了什麼事？

Vincent：在學校發生了一件<u>打架</u>的事。

Martin：這不奇怪，你在國中不是也發生過這種事。

 MP3-31

Un bobo ⓁⒻ = Une petite blessure 小傷口

Dialogue

Antoine : Maman, je suis tombé, j'ai mal au genou.

Cécile : Oh, ce n'est rien, c'est juste un petit <u>bobo</u>, je te mets un pansement.

Antoine : Merci, maman. Je peux sortir jouer avec Mathieu, maintenant ?

Cécile : Tu n'as plus mal au genou ?

對話

Antoine：媽媽，我跌倒了，我膝蓋痛。

Cécile：喔，這不要緊，只是一個<u>小傷口</u>，我給你貼個ok繃。

Antoine：謝謝媽媽。現在我可以跟 Mathieu 出去玩嗎？

Cécile：你的膝蓋不再痛了嗎？

MP3-31 🎵

Une connerie (LF) = Une bêtise 蠢事

Dialogue

Nathalie : J'ai encore reçu une amende…

Armand : Je t'avais déjà dit qu'il fallait rouler plus lentement sur cette route.

Nathalie : Mais j'ai fait très attention, je n'ai pas fait exprès.

Armand : Ça fait trois amendes en un mois, tu fais toujours des conneries en voiture.

對話

Nathalie : 我又收到了一張罰單……

Armand : 我早就跟妳講過在這條路要慢慢地開。

Nathalie : 但是我很小心了，我不是故意的。

Armand : 妳一個月內就收到三張罰款單，妳開車時總是做蠢事。

 MP3-32

Un pépin ⒧ = Un problème 煩惱

Solène : Qu'est-ce que tu as ? Tu as l'air soucieux.

Gilles : J'ai un gros <u>pépin</u> avec ma copine.

Solène : Raconte-moi !

Gilles : Je lui ai acheté un collier pour son anniversaire de demain, mais hier elle m'a dit qu'elle voulait une montre.

對話

Solène : 你怎麼了？你看起來很憂慮。

Gilles : 我跟我的女友有個大<u>煩惱</u>。

Solène : 說來聽聽看！

Gilles : 我買了一條鍊子給她作為她明天的生日禮物，但是昨天她跟我說她要一支手錶。

MP3-32 ♪

Merci pour ta
proposition.

謝謝你的提議。

f) Les sentiments
情感

Le musée du Louvre 羅浮宮博物館

La trouille (LF), les chocottes (LF), la pétoche (LF)
= La peur 害怕

Dialogue

Quentin : Regarde, la tour 101 est là-bas, Quelle belle vue ! C'est la première fois que tu prends le téléphérique ?

Sarah : Oui. J'ai la <u>trouille</u>, j'ai le vertige, je ne peux pas regarder en bas...

Quentin : On aurait dû monter à pied, alors.

Sarah : Ce n'est pas trop tard, on peut descendre au prochain arrêt.

對話

Quentin：看，101在那邊，好美的風景！這是妳第一次坐纜車嗎？

Sarah：是的。我<u>害怕</u>，我有懼高症，我不能看下面……

Quentin：我們原本應該走路上去的。

Sarah：不會太遲，我們可以在下一站下。

🎵 MP3-33

Le cafard ⓛⓕ = Un sentiment de dépression
沮喪、憂鬱

Marie : Tu as l'air mélancolique.

Zoé : Oui, ici, il fait souvent gris et froid, j'ai du mal à m'habituer au climat. À chaque fois qu'il pleut, j'ai le cafard...

Marie : Si on allait dans le Sud pour quelques jours ? Ça pourrait te faire du bien.

Zoé : Oui, et après je pense que je vais retourner dans mon pays.

對話

Marie：妳看起來很憂鬱。

Zoé：是啊，這裡的天氣經常是灰灰的而且很冷，我實在無法適應這裡的氣候。每次下雨，我就很沮喪……

Marie：不如去南部幾天？或許可以讓妳覺得舒服。

Zoé：沒錯，然後我想我要返回我的國家。

MP3-33 ♪

❸ Les adjectifs

形容詞

a) La description physique

外表描述

La tour Eiffel 艾菲爾鐵塔

Costaud Ⓛⓒ = Fort(e) 強壯的

Dialogue

Yves : Il y a une entreprise qui cherche un agent de sécurité. Tu es ponctuel et <u>costaud</u>. Ça t'intéresse ?

Michaël : Pourquoi pas ? Qu'est-ce qu'elle propose comme emploi du temps ?

Yves : Du lundi au samedi, de 6 heures à 20 heures avec 5 semaines de congés payés.

Michaël : Je vais y réfléchir. Merci pour ta proposition.

對話

Yves : 有家公司徵一位保全人員。你一向守時又<u>身體強壯</u>。你對這份工作感興趣嗎？

Michaël : 可以試試看。工作時間如何？

Yves : 星期一至星期六，早上六點到晚上八點，還有五週的領薪假期。

Michaël : 我會考慮一下。謝謝你的提議。

 MP3-34

Moche ㏇ = Laid(e) 醜的

Chloé : Où tu vas comme ça ?

Iris : Je vais à une fête. Comment tu trouves ma nouvelle robe ?

Chloé : Elle est vraiment <u>moche</u>. Il y a trop de fleurs dessus, tu n'as pas bon goût.

Iris : C'est vrai ? Tu peux me prêter celle que tu portes ?

對話

Chloé : 妳穿這樣子去哪兒？

Iris : 我去參加一個派對。妳覺得我這件新的洋裝如何？

Chloé : 真的很<u>醜</u>。洋裝上面太多花，妳真沒品味。

Iris : 真的？妳可不可以借我妳現在穿的這件？

MP3-34 🎵

Tu es chiant !

你真討厭！

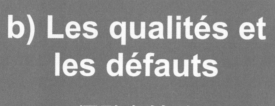

b) Les qualités et les défauts

優點與缺點

Notre-Dame de Paris 巴黎聖母院

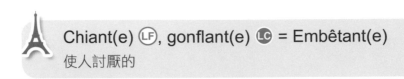

Chiant(e) (LF), gonflant(e) (LC) = Embêtant(e)
使人討厭的

Dialogue

Ludovic : Quentin, tu peux m'aider à faire mes devoirs de maths ?

Quentin : Pas maintenant, je suis en train de papoter avec des copains sur Facebook.

Ludovic : Quentin, je n'arrive pas à ouvrir cette boîte, tu peux m'aider ?

Quentin : Après, je t'ai dit. Ne me dérange pas ! Tu es <u>chiant</u> !

對話

Ludovic : Quentin，你可以幫我解數學的題目嗎？

Quentin : 現在不行，我正跟朋友在臉書上聊天。

Ludovic : Quentin，我沒辦法打開這個盒子，你可以幫我嗎？

Quentin : 我跟你說過等一下。不要吵我！你真<u>討厭</u>！

 MP3-35

Con(ne) ⓛ = Stupide, bête 愚蠢的

Dialogue

Rémi : Ça fait une demi-heure qu'on tourne en rond, on est bientôt arrivés ?

Franck : C'est bizarre, je ne comprends pas où on est sur la carte.

Rémi : C'est parce que tu es <u>con</u>. Je m'arrête là, donne-moi la carte.

Franck : Tiens. Si tu es si intelligent, débrouille-toi.

對話

Rémi：我們在這裡繞半小時了，我們快到了嗎？

Franck：真奇怪，我不了解我們在地圖的哪裡。

Rémi：那是因為你<u>愚蠢</u>。我在這兒停車，給我地圖。

Franck：拿去吧。假如你夠聰明，就自己想辦法吧。

MP3-35 🎵

Dégueulasse ⓛⓕ, crade ⓛⓕ = Dégoûtant(e)
令人噁心的

Dialogue

Fabien : Qu'est-ce que tu manges ?

Michelle : C'est du tofou fermenté frit, tu ne connais pas ?
C'est bon, c'est une spécialité de Taïwan.

Fabien : Mes amis disent que c'est dégueulasse.

Michelle : Effectivement, ça sent un peu mauvais de loin,
mais c'est bon. Goûtes-en un peu !

對話

Fabien : 妳在吃什麼？

Michelle : 這是臭豆腐，你不知道嗎？很好吃，是台灣的一種特
產。

Fabien : 我朋友們說很噁心。

Michelle : 事實上，遠遠的就能聞到一點臭味，但很香。嚐一點
看看吧！

 MP3-36

Dingue ⓛⒻ, cinglé(e) ⓛⒻ, taré(e) ⓛⒻ, fada ⓛⒻ
= Être fou (folle) 發瘋的

Dialogue

Élisabeth : Quel est ton sport préféré ?

René : La natation. Et toi ?

Élisabeth : J'aime beaucoup la natation aussi. Mais... Je vais tenter de faire du saut à l'élastique, il paraît que c'est sensationnel.

René : Mais tu es complètement <u>dingue</u>. C'est un sport dangereux, et en plus tu as le vertige, je te conseille de ne pas le faire.

對話

Élisabeth : 你比較喜歡什麼運動？

René : 游泳。妳呢？

Élisabeth : 我也很喜歡游泳。但是……我將試試高空彈跳，聽說很刺激。

René : 妳完全<u>瘋了</u>。這是一項危險的運動，而且妳有懼高症，我勸妳不要玩。

MP3-36 🎵

Gonflé(e) (LF) = Audacieux(euse)
膨漲的、大膽的、超過的

Dialogue

Clément : J'ai des amis qui vont passer une semaine de vacances à Taïwan. Tu peux me prêter ta voiture, je voudrais leur faire visiter quelques endroits.

Emmanuel : Pas de problème.

Clément : Comme mon appartement est en travaux, aurais-tu la gentillesse de les héberger pour quelques jours ?

Emmanuel : Et quoi encore ? Tu es vraiment <u>gonflé</u>. Ce sont tes amis, pas les miens.

對話

Clément：我有幾個朋友將來台灣渡假一週。你可以把你的車子借給我嗎？我要帶他們去參觀幾個地方。

Emmanuel：沒問題。

Clément：因為我的公寓正在施工，你是否好心讓他們在你家住幾天？

Emmanuel：還要幫什麼忙？你真是<u>得寸進尺</u>。這些是你的朋友而不是我的朋友。

 MP3-37

Marrant(e) LC, rigolo LC = Drôle, amusant(e) 好笑的

Dialogue

Nancy : Ça te dirait d'aller voir un film américain ?

Denis : Quel genre de film ?

Nancy : Un film policier. Il paraît que c'est très <u>marrant</u>.

Denis : Bon, on y va demain soir.

對話

Nancy : 我們去看一部美國電影，你覺得怎麼樣？

Denis : 什麼樣的片子？

Nancy : 警探片。聽說很<u>好笑</u>。

Denis : 好，我們明晚去看。

MP3-37

103

Nul(le) ⓛⓕ, naze / nase ⓛⓕ = Incompétent(e)
一竅不通的（沒有能力的）

Dialogue

Clémence : Tu connais Romain ? C'est celui qui sait parler sept langues étrangères.

Océane : Oui, c'est un collègue de bureau. Il est très doué pour les langues étrangères, mais il a un grand défaut.

Clémence : Tout le monde en a, personne n'est parfait. C'est quoi, alors ?

Océane : Il est <u>nul</u> en informatique.

對話

Clémence：妳認識 Romain 嗎？會說七種外國語言的那位。

Océane：我認識，他是我的一位同事。他對外國語言很擅長，但是他有個大缺點。

Clémence：每個人都有缺點，世上沒有完美的人。他的缺點是什麼？

Océane：他對電腦一竅不通。

 MP3-38

c) Les états

状況

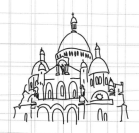

La basilique du Sacré-Cœur 聖心堂

Soûl(e) **LC**, pompette **LF**, torché(e) **LF** = Ivre 喝醉的

Dialogue

Marc : Qu'est-ce que tu as ? Tu as encore bu ?

Serge : Oui, l'alcool me fait oublier beaucoup de soucis.

Marc : Mais quand tu es <u>soûl</u>, tu as les idées encore moins claires pour trouver des solutions à tes problèmes.

Serge : Je trouverai des solutions plus tard.

對話

Marc : 你怎麼了？你又喝酒了嗎？

Serge : 是的，酒精能讓我忘掉很多煩惱。

Marc : 但是當你喝醉了，你的頭腦就比較不清楚而無法找到解決問題的辦法。

Serge : 我以後就會找到的。

🎵 MP3-39

Fichu(e) ⒧⒡, foutu(e) ⒧⒡, cuit(e) ⒧⒡
= Fini(e), perdu(e), sans espoir 完蛋的

Dialogue

Irène : Ton examen s'est bien passé ?

Dominique : Bof ! Comme je n'ai pas eu assez de temps, je n'ai pas pu répondre à toutes les questions. Je pense que c'est <u>fichu</u>.

Irène : Mais non, ne sois pas trop pessimiste !

Dominique : Tu as raison. Puisque c'est déjà fini, on n'y pense plus.

對話

Irène : 考試順利嗎？

Dominique : 算了！我因為時間不夠多，所以沒有能夠回答全部的題目。我想<u>完蛋了</u>。

Irène : 不會的，不要太悲觀！

Dominique : 妳說得對。既然考試已經結束了，我們就不要再想這件事了。

Fauché(e) ⓛⓕ = Sans argent, pauvre 沒錢的

Dialogue

Olivier : Samuel, j'ai un service à te demander.

Samuel : Dis-moi !

Olivier : Pourrais-tu me prêter un peu d'argent ? Je suis fauché. Mais je dois offrir un cadeau à ma copine.

Samuel : Je t'en ai déjà prêté le mois dernier pour l'anniversaire de ta mère. Et cette fois-ci, c'est pour ta copine… La prochaine fois, j'espère que ce sera pour moi.

對話

Olivier : Samuel，我想請你幫個忙。

Samuel : 說吧！

Olivier : 你可以借我一點錢嗎？我沒錢了。但是我得送我的女朋友一份禮物。

Samuel : 我上個月已經借給你一點錢了，你買禮物送給你的媽媽。這次是買給你的女朋友……我希望下次是買給我的。

 MP3-40

Collé(e) (LF) = Recalé(e), refusé(e)
考試不及格的、被當的

Dialogue

Jean-François : Ton fils a eu de bonnes notes ce semestre ?

Hélène : Oui, il est intelligent, débrouillard, tout va bien pour lui.

Jean-François : Le mien va être <u>collé</u> cette année.

Hélène : Ce n'est pas si grave que ça. Si ça lui arrive, ça lui donnera une bonne leçon, n'est-ce pas ?

對話

Jean-François：妳的兒子這學期成績好嗎？

Hélène：好，他很聰明、機靈，對他而言一切都很好。

Jean-François：今年我的兒子會被當。

Hélène：這不是那麼嚴重。假如這事發生在他身上，正好給他一個教訓，不是嗎？

MP3-40

Crevé(e) ⓁⒻ, naze / nase ⓁⒻ, mort(e) ⓁⒻ
= Épuisé(e), très fatigué(e)　精疲力盡的

Dialogue

Odile : Dis donc, tu as une mauvaise mine. Ça va ?

André : Non, je suis crevé. Entre mon travail, le mariage et le déménagement... Je n'en peux plus.

Odile : Je peux faire quelque chose pour toi ?

André : C'est gentil, merci. Je crois que je pourrai m'en sortir. N'oublie pas de venir à mon mariage.

對話

Odile：天啊，你的臉色很差。你好嗎？

André：不好，我累死了。我忙著報告、婚禮及搬家的事……我再也受不了了。

Odile：我能幫你做些事情嗎？

André：妳真好，謝謝妳。我想我能從困境中脫身。別忘了來參加我的婚禮。

🎵 MP3-41

II

Les expressions idiomatiques

慣用語

Tu joues avec le feu !

你簡直是在玩火！

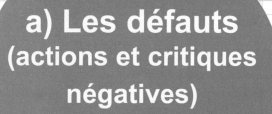

a) Les défauts
(actions et critiques négatives)

缺點
（負面的行為與批評）

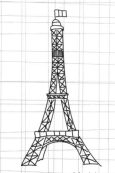

La tour Eiffel 艾菲爾鐵塔

Avoir les yeux plus gros que le ventre ⓛ

直譯 眼睛比肚子大 **意譯** 不自量力、高估自己

Définition 定義

Se servir plus que ce qu'on ne peut manger.
自取過多的東西而吃不完。

Vouloir faire plus que ce dont on est capable.
想要做超過能力所及的事。

Dialogue

Bénédicte : La semaine dernière j'ai passé le Delf C1.

Grégoire : C'était difficile ?

Bénédicte : Très difficile.

Grégoire : Bien sûr, tu apprends le français depuis seulement un mois, et tu voulais passer le Delf C1 ? Tu as eu les yeux plus gros que le ventre.

對話

Bénédicte：上星期我去考C1的檢定考試。

Grégoire：難嗎？

Bénédicte：很難。

Grégoire：當然很難，妳學法文只學了一個月，而妳就想要考C1嗎？你太不自量力。

說明

談到吃的方面：如果拿了太多食物，而吃不下就可說太貪心。

🎵 MP3-42

Avoir la grosse tête

Avoir les chevilles qui enflent (LC)

直譯 有大頭，有腳踝腫脹　**意譯** 趾高氣昂、自負、驕傲自大

Définition 定義

Être trop fier de soi.

太驕傲、自大。

Dialogue

Élodie : Tu sais que Sophie est devenue médecin ?

Kévin : Bien sûr... Elle n'arrête pas de le dire à tout le monde. Elle est tellement fière d'elle-même.

Élodie : C'est vrai. Elle se vante souvent d'avoir un métier important, de gagner beaucoup d'argent, etc.

Kévin : Oui. Elle a la grosse tête. Je n'aime pas ça.

對話

Élodie：Sophie 當醫生了，你知道嗎？

Kévin：當然知道⋯⋯她不停地跟大家說這件事情。她是如此地引以為傲。

Élodie：這是真的。她經常吹噓自己有份重要的職業，賺很多錢等等。

Kévin：是啊。她很自負。我不喜歡這樣。

C'est l'hôpital qui se moque de la charité ⓛⒸ

直譯 醫院嘲笑慈善機構　意譯 五十步笑百步

Définition
定義

Se dit de quelqu'un qui reproche quelque chose alors que lui-même fait pire.

責備他人，然而自己卻做得比別人糟。

Dialogue

Thierry : Paul vient de m'appeler. Il va être en retard de vingt minutes.

Matthias : Ce n'est pas sympa de nous faire attendre.

Thierry : C'est l'hôpital qui se moque de la charité. Toi, tu es souvent en retard d'au moins dix minutes.

Matthias : Bon, ce n'est pas grave... On n'est pas pressés.

對話

Thierry : Paul 剛剛打電話給我。他會遲到二十分鐘。

Matthias : 讓我們等這麼久，實在不應該。

Thierry : 你這是五十步笑百步。你經常遲到至少十分鐘。

Matthias : 好吧，沒關係……反正我們也不急。

 MP3-44

Casser les pieds de quelqu'un

直譯 弄斷某人的腳　意譯 打擾某人

Définition 定義

Déranger quelqu'un.

打擾某人。

Dialogue

Gaël : Ma voisine est très jolie, mais je ne l'aime pas beaucoup.

Clarisse : Pourquoi ?

Gaël : Parce qu'elle <u>me casse les pieds</u> à venir toquer chez moi aux heures de repas pour me demander du sel, ou de la farine.

Clarisse : Tu n'as rien compris, elle veut devenir amie avec toi !

對話

Gaël : 我的女鄰居很漂亮，但是我不是很喜歡她。

Clarisse : 為什麼？

Gaël : 因為她在我用餐時間來打擾我，敲我的門，跟我借鹽或麵粉。

Clarisse : 你什麼都不懂，她想要跟你做朋友！

Changer d'avis comme de chemise

直譯 改變意見如同換襯衫　**意譯** 經常改變意見

Définition 定義

Changer d'avis très souvent ou très facilement.
經常改變意見或很容易就改變意見。

Dialogue

Lionel : Tu as acheté ton billet d'avion pour aller au Vietnam pendant les vacances ?

Guy : Non, finalement, je vais en Écosse.

Lionel : Ah bon ? Mais tu <u>changes d'avis comme de chemise</u> ! Au départ, tu voulais aller au Brésil.

Guy : Oui, mais maintenant c'est sûr, j'ai acheté mon billet ce matin.

對話

Lionel : 你放假時要去越南的機票買了嗎？

Guy : 沒買，我最後要去蘇格蘭。

Lionel : 真的？你真是<u>說變就變</u>！一開始你想要去巴西。

Guy : 是的，但是現在我確定要去蘇格蘭，我早上買了票。

♪ MP3-46

Chercher midi à quatorze heures ^{LC}

直譯 在十四點鐘尋找中午十二點　**意譯** 庸人自擾

Définition 定義

Rendre compliqué quelque chose de simple.

讓簡單的事情複雜化。

Dialogue

Fannie : Tu as revu l'homme dont tu m'avais parlé, que tu avais rencontré au club de gym ?

Gladys : Pas encore. Je ne sais pas comment faire pour le revoir. Il est avocat, je peux lui dire que j'ai besoin de conseils juridiques. Ou je peux attendre qu'il m'appelle, mais peut-être qu'il va croire que je ne suis pas intéressée par lui. Qu'est-ce que tu en penses ?

Fannie : Tu <u>cherches midi à quatorze heures</u>. Invite-le à dîner, tout simplement.

Gladys : D'accord.

對話

Fannie：之前妳跟我提過在健身俱樂部遇到的那個男的，妳再見到他了嗎？

Gladys：還沒有再看到他。我不知怎麼做才能再見到他。他是位律師，我可以跟他說我需要一些法律方面的建議。或是我等他打電話給我，但是或許他會認為我對他不感興趣。妳覺得呢？

Fannie：妳真是<u>庸人自擾</u>。請他吃晚飯，就這麼簡單。

Gladys：好的。

Couper les cheveux en quatre

直譯 把頭髮切成四段 　**意譯** 吹毛求疵

Définition 定義
Chercher de manière trop détaillée ou trop précise.
過度挑剔。

Dialogue

Bertrand : Tu as aimé la tarte que j'ai faite hier soir ?

Axel : La pâte était fine, mais les fruits étaient un peu acides, et tu aurais pu ajouter de la vanille…

Bertrand : Ce n'est pas la peine de <u>couper les cheveux en quatre</u>. Dis-moi juste si tu as aimé ou pas.

Axel : J'ai aimé mais je te donnerai une recette de ma grand-mère.

對話

Bertrand : 你喜歡我昨天晚上做的派嗎？

Axel : 派皮很細，但是水果有點酸，還有你本來可以加些香草……

Bertrand : 你不用吹毛求疵了。只要告訴我你喜不喜歡。

Axel : 我喜歡，不過我會給你我祖母的祕方。

🎵 MP3-48

Jeter de l'huile sur le feu ⓁⒸ

直譯 在火上丟油　意譯 火上加油

Définition 定義

Ajouter des problèmes à une situation de crise.
在一個危機處境上添加難題。

Dialogue

Brice : Cécile est très en colère parce que Paul n'était pas là pour son anniversaire.

Émilien : C'est parce qu'il était avec Sophie.

Brice : Ne le dis pas à Cécile, sinon tu vas jeter de l'huile sur le feu. Elle sera encore plus en colère.

Émilien : Tu as raison, il vaut mieux les laisser résoudre leurs problèmes seuls.

對話

Brice : Cécile 非常生氣因為 Paul 沒參加她的慶生會。

Émilien : 那是因為 Paul 跟 Sophie 在一起。

Brice : 不要跟 Cécile 說此事，不然你會火上加油。她就會更生氣。

Émilien : 你說得對，最好讓他們自己解決他們的問題。

MP3-49 🎵

121

Jeter l'argent par les fenêtres

直譯 往窗外丟錢　**意譯** 亂撒錢、揮霍無度

Définition 定義

Gaspiller de l'argent, dépenser inutilement.

浪費錢，無意義地花錢。

Dialogue

Stanislas : L'entreprise a dépensé cent mille euros en publicité, l'année dernière. C'est beaucoup d'argent.

Astride : Oui, mais la publicité permet de faire mieux connaître la marque, et ainsi d'augmenter les ventes.

Stanislas : Selon moi, la publicité n'a pas autant d'influence sur les ventes. En dépensant autant d'argent en publicité, l'entreprise <u>jette l'argent par les fenêtres</u>.

Astride : Tu penses que dépenser une telle somme n'est pas utile, mais le directeur pense que c'est utile, alors c'est comme ça.

對話

Stanislas : 去年公司花了十萬歐元在廣告上。這是很多錢的。

Astride : 是的，但是廣告能夠讓人更認識品牌，還能增加銷售量。

Stanislas : 依我看法，廣告對銷售量沒有如此多的影響力。因為公司花這麼多的錢在做廣告，簡直是<u>亂撒錢</u>。

Astride : 你認為花這麼一大筆錢是沒有用的，可是主任認為有用，就是這樣子。

🎵 MP3-50

Jouer avec le feu ⒧
Jouer un jeu dangereux ⒧

直譯 玩火，玩一種危險的遊戲 意譯 玩火

Définition
定義

Prendre des risques.

冒險。

Dialogue

Gaspard : Ton patron a accepté d'augmenter ton salaire ?

Jonathan : Pas encore. Mais je lui ai dit que je travaillerais moins bien s'il refusait.

Gaspard : Tu joues avec le feu. Il pourrait décider de te licencier.

Jonathan : Aucun risque; il a besoin de moi.

對話

Gaspard : 你的老闆答應給你加薪嗎？

Jonathan : 還沒有。但是我跟他說過，如果他不加我薪水，我就不會那麼努力。

Gaspard : 你簡直是在玩火。他或許可以決定開除你。

Jonathan : 沒那麼嚴重，他不能沒有我的。

Manger à tous les râteliers

直譯 吃所有馬槽裡的乾草　**意譯** 唯利是圖者

Définition 定義
Profiter sans scrupule des avantages de toutes les sources possibles.
不擇手段榨取可能的利益，從中獲利。

Dialogue

Marc : Le nouveau maire est de droite. Tu penses qu'il va aider ton association ?

Isaac : Oui. Je suis inscrit dans deux partis politiques, comme ça, que le maire soit de droite ou de gauche, je peux dire que je suis avec lui, et j'obtiens des avantages pour mon association.

Marc : Tu manges à tous les râteliers. Tu profites des avantages de tous les côtés politiques.

Isaac : C'est difficile de financer une association. Je dois trouver des fonds partout où c'est possible.

對話

Marc : 新的市長是右派的。你想他會幫你協會的忙嗎？

Isaac : 會。我報名參加兩個黨派，如此一來，不管市長是右派或左派，我都可以說我支持他，我就能夠為我的協會獲得利益。

Marc : 你是位兩邊通吃的人。你利用所有黨派的好處。

Isaac : 資助一個協會是很難的。我得盡可能到處去找資金。

🎵 MP3-52

Mettre la charrue avant les bœufs

直譯 把犁放在牛的前面　意譯 本末倒置

Définition 定義
Commencer par une chose qui devrait être faite après.
從後面的事情開始做。

Dialogue

Denise : Tu as commencé à prendre des cours de piano ?

Jean : Pas encore, mais je vais acheter un piano pour pouvoir jouer chez moi.

Denise : Ne mets pas la charrue avant les bœufs. Prends des cours de piano avant, pour être sûr que tu aimes en jouer.

Jean : D'accord. D'abord, je prends quelques mois de cours, et si ça me plaît vraiment, j'achèterai un piano.

對話

Denise：你開始上鋼琴課了嗎？

Jean：還沒有，但是我要買一架鋼琴以便能在家裡彈。

Denise：不要本末倒置。先上鋼琴課以確定你喜歡彈。

Jean：好的。我先上幾個月的課，如果我非常喜歡，我就買一架鋼琴。

MP3-53

Ne pas avoir inventé la poudre

直譯 沒有發明火藥   意譯 不聰明

Définition 定義

Ne pas être intelligent.
不聰明。

Dialogue

Laurie : Michel m'a demandé des conseils pour investir en bourse.

Jasmine : Ça va être compliqué pour lui.

Laurie : Tu as raison. Je lui ai expliqué plusieurs fois, mais il ne comprend pas. Il est gentil, mais il n'a pas inventé la poudre…

Jasmine : Bon courage.

對話

Laurie：Michel 跟我請教投資證券之事。

Jasmine：這對他而言是很複雜的。

Laurie：妳說得對。我跟他解釋了很多次，可是他不懂。他人很好，但是不夠聰明……

Jasmine：加油了，繼續跟他解釋吧！

Ne pas casser trois pattes à un canard

直譯 不弄斷鴨子的三隻爪 意譯 不出色、不出眾

Définition 定義
Ne pas être extraordinaire, pas génial.
不出色、不怎麼樣。

Dialogue

Nadia : Je suis allée au musée d'art moderne le week-end dernier.

Marcel : J'y suis allé aussi. L'exposition était nulle !

Nadia : Tu exagères. Ça ne cassait pas trois pattes à un canard, mais il y avait quelques oeuvres intéressantes.

Marcel : Oui, bon, ce n'était pas très bien.

對話

Nadia : 上週末我去了現代美術館。

Marcel : 我也去了。展覽太差了！

Nadia : 你說得太誇張了。雖然不是頂尖的，但是有一些作品很有意思。

Marcel : 好吧，我還是認為那不是很好的展覽。

MP3-55

Péter les plombs , péter une durite , craquer son slip

直譯 水管爆裂，膠管爆裂，內褲裂開　**意譯** 發瘋、失去理智

Définition 定義 Devenir fou, perdre son sang-froid.

發瘋、失去理智。

Dialogue

Monica : Hier soir, tu n'aurais pas dû appeler Jérémie sur son portable tant de fois, tu sais bien qu'il est en colère après toi et qu'il ne veut pas te parler.

Charlotte : Mais je voulais m'excuser.

Monica : Comme tu n'arrêtais pas d'appeler, il <u>a pété les plombs</u>, et il a jeté son téléphone par la fenêtre en criant.

Charlotte : Je lui offrirai un nouveau téléphone pour me faire pardonner.

對話

Monica：昨天妳原本不應該打 Jérémie 的手機打那麼多次，妳知道他對妳生氣了，而且他不想跟妳說話。

Charlotte：可是我想要道歉。

Monica：因為妳不停地打電話，他就<u>抓狂了</u>，然後大叫地把電話丟出窗外。

Charlotte：我會送他一支新的手機，請他原諒我。

🎵 MP3-56

Poser un lapin à quelqu'un

直譯 放某人兔子　　意譯 放某人鴿子

Définition 定義

Ne pas se rendre à un rendez-vous sans avoir prévenu qu'on ne viendrait pas.

沒有赴約卻未通知對方自己不克前來。

Dialogue

Véronique : Hier soir, je suis allée seule au musée.

Éléna : Tu ne devais pas y aller avec Jérôme ?

Véronique : Si, mais il m'a posé un lapin. J'ai attendu pendant trente minutes, mais il n'est pas venu, je ne sais pas pourquoi.

Éléna : Ce n'est pas sympa.

對話

Véronique : 昨天我一個人去博物館。

Éléna : 妳不是應該跟 Jérôme 去嗎？

Véronique : 是啊，但是他放了我鴿子。我等了三十分鐘，但是他沒來，我也不知道為什麼。

Éléna : 這樣子不好。

MP3-57

Remuer le couteau dans la plaie

直譯 在傷口裡搖動刀子　意譯 在傷口上撒鹽

Définition 定義

Dire ou faire quelque chose qui empire une douleur existante.

說出或是做出某事使存在的痛苦惡化。

Dialogue

Constantin : C'est terrible ! Il n'y a plus de crème brûlée au réfrigérateur. Je voulais en manger une pour le dessert de ce soir, je suis trop triste !

Armand : Oui, j'ai mangé la dernière à midi. Elle était si délicate, si fondante…

Constantin : Arrête, tu remues le couteau dans la plaie.

Armand : Ne t'inquiète pas, j'en rachèterai demain.

對話

Constantin：太糟糕了！冰箱裡沒有卡布雷了。我想要作為今晚的點心，我太難過了！

Armand：我中午吃了最後一個。卡布雷是如此的細緻，入口即化⋯⋯

Constantin：不要再說下去了，你在傷口上撒鹽。

Armand：不要擔心，我明天再買。

 MP3-58

S'occuper de ses oignons (LC)

直譯 處理自己的洋蔥　**意譯** 管好自己的事情

Ce ne sont pas ses oignons / affaires (LC)

直譯 這不是他的洋蔥　**意譯** 這不是他的事情

Définition 定義

S'occuper de choses qui nous concernent au lieu de s'occuper de choses qui ne nous concernent pas.

管我們的事就好了，不要插手與我們無關的事。

Dialogue

Cyprien : Je vais au cinéma ce soir.

Fiona : Tu y vas avec qui ?

Cyprien : Occupe-toi de tes oignons.

Fiona : Ça va, je voulais juste faire la conversation.

對話

Cyprien：今晚我去看電影。

Fiona：你跟誰去？

Cyprien：管好妳自己的事就好了。

Fiona：不要生氣，我只想要跟你聊聊而已。

MP3-59

Se mettre le doigt dans l'œil

直譯 把手指放進眼睛裡 　意譯 想錯了

Définition
定義

Avoir une idée gravement erronée.
有一個嚴重錯誤的想法。

Dialogue

Robert : Je suis très déçu par le nouveau président de la République.

Georges : Pourquoi ?

Robert : Je croyais qu'il allait diminuer le chômage. Je me suis mis le doigt dans l'œil. Le taux de chômage a encore augmenté.

Georges : Gardons espoir, il a encore trois ans de mandat.

對話

Robert : 我對新當選的總統很失望。

Georges : 為什麼？

Robert : 我以為他將會降低失業率。我想錯了。失業率還是上升了。

Georges : 我們還是要抱有希望，他還有三年任期。

♪ MP3-60

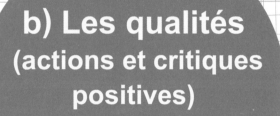

b) Les qualités
(actions et critiques positives)

優點
（正面的行為與批評）

Notre-Dame de Paris 巴黎聖母院

Avoir la tête sur les épaules Ⓛ

直譯 在肩膀上有頭　意譯 有頭腦、有判斷力、有理智

Avoir les pieds sur terre Ⓛ

直譯 在地上有雙腳　意譯 腳踏實地

Définition 定義 Être raisonnable. Avoir le sens des réalités.
具理性、有現實感。

Dialogue

Morgane : Comment avance ton projet de créer ton entreprise ?

Jean-Mathieu : Bien. Mais ça va sûrement prendre beaucoup de temps, et je ne suis pas sûr que ça va marcher. Je sais que je ne vais pas gagner beaucoup d'argent tout de suite.

Morgane : Tu as les pieds sur terre.

Jean-Mathieu : Oui, je ne rêve pas. Je sais que la réalité est parfois difficile.

對話

Morgane : 你要創立公司的計畫進行得如何？

Jean-Mathieu : 很好。但一定要花很多時間，而且我也不確定這計畫是否會成功。我知道我將不會馬上賺很多錢。

Morgane : 你真是腳踏實地，不好高騖遠。

Jean-Mathieu : 是的。我不做白日夢。我知道現實有時候是困難的。

 MP3-61

Avoir le bras long ⒧Ⓒ

直譯 有長的手臂　意譯 長袖善舞

Définition
定義
Connaître des gens importants, influents.
認識舉足輕重、影響大局的人。

Dialogue

Théo : Cet homme politique est régulièrement accusé, mais il n'est jamais condamné.

Séverine : Il est peut-être innocent, tout simplement.

Théo : Je ne crois pas. À mon avis, c'est parce qu'il <u>a le bras long</u>.

Séverine : Tu penses qu'il est coupable mais qu'il est acquitté parce qu'il connaît les juges qui s'occupent de ses affaires. C'est possible, c'est important d'avoir de bonnes relations en politique.

對話

Théo：這位政治人物常被控告，但他從來沒被判決。

Séverine：他或許無罪，理由就這麼簡單。

Théo：我不這麼認為。依我的看法，是因為他<u>認識一些有影響力的人</u>。

Séverine：你認為他有罪但他卻獲判無罪，是因為他和審理他案件的法官有私交。這是有可能的，在政壇上要有好的關係是很重要的。

Avoir plus d'une corde à son arc

直譯 弓上有超過一條以上的弓弦　意譯 具備多種能力（多才多藝）

Définition 定義

Avoir plusieurs compétences.

具備多種能力。

Dialogue

Karine : Vous venez de finir vos études et vous cherchez du travail. Vous avez un diplôme de marketing. C'est tout ?

Yannick : J'ai aussi un diplôme de français, et un peu d'expérience en management.

Karine : C'est bien. Vous <u>avez plus d'une corde à votre arc</u>. C'est important pour trouver un emploi.

Yannick : Oui, j'essaie de développer des compétences dans plusieurs domaines pour augmenter mes chances.

對話

Karine：你剛剛完成學業，目前在找工作。你只有一張行銷的文憑。對嗎？

Yannick：我也有一張法文文憑，以及一點管理的經驗。

Karine：很好。你<u>具備多種能力</u>。要找到一份工作有這些能力是很重要的。

Yannick：是的，我嘗試在不同領域培養各種能力以便增加我的機會。

 MP3-63

Donner un coup de main à quelqu'un (LC)

直譯 將手給某人一下　**意譯** 幫忙某人

Définition 定義

Aider (quelqu'un).
幫忙某人。

Dialogue

Gérard : Je vais déménager.

Frédéric : Tu as raison, ton appartement était trop petit.

Gérard : Tu pourras me <u>donner un coup de main</u> pour transporter les meubles ?

Frédéric : Mais il était confortable quand même, tu es sûr que tu veux déménager ?

對話

Gérard : 我將要搬家了。

Frédéric : 你做得對，你的公寓太小了。

Gérard : 你可以<u>幫忙</u>搬傢俱嗎？

Frédéric : 但是我覺得你的公寓還是很舒服，你確定你要搬家嗎？

MP3-64

Mettre de l'eau dans son vin

直譯 把水加進酒裡　**意譯** 克制脾氣

Définition 定義 Modérer son caractère.
克制脾氣。

Dialogue

Vicky : Le patron veut que je prépare un projet avec Marie, mais je la déteste !

Fleur : <u>Mets de l'eau dans ton vin</u>.

Vicky : Oui, je dois contrôler mes émotions pour que les choses se passent bien, mais c'est difficile.

Fleur : Fais des efforts.

對話

Vicky : 老闆要我跟 Marie 準備一個計畫，但我討厭她！

Fleur : <u>克制妳的脾氣吧</u>。

Vicky : 好的，我應該控制我的情緒讓事情進行得順利，但是很難。

Fleur : 盡力吧。

🎵 MP3-65

c) Les manières de faire

做事的方法

La basilique du Sacré-Cœur 聖心堂

Donner sa langue au chat

直譯 把舌頭給貓　意譯 猜不到放棄了

Définition 定義 Abandonner ses recherches pour deviner quelque chose.
放棄探索不再猜了。

Dialogue

Lucien : Ta nouvelle voiture est de quelle couleur ? Attends, laisse-moi deviner… Elle est rouge ? Non, bleue ? Ou alors verte ? Blanche ?

Roland : Non. Cherche encore.

Lucien : Je donne ma langue au chat.

Roland : D'accord. Elle est noire.

對話

Lucien : 你的新車是什麼顏色？等一下，讓我猜猜……紅色的嗎？不，藍色的？或是綠色的？白色的？

Roland : 不。再猜猜。

Lucien : 我猜不到放棄了。

Roland : 好吧。我的新車是黑色的。

🎵 MP3-66

Faire d'une pierre deux coups

直譯 用一塊石頭做成兩件事　**意譯** 一舉兩得、一石二鳥

Définition 定義
Résoudre deux problèmes avec une seule action.
用一個行動解決兩個問題。

Dialogue

Xavier : Tu iras à l'anniversaire de Fabien demain soir ?

Tiphaine : J'hésite… Demain soir, je voudrais sortir avec Céline. Je ne l'ai pas vue depuis longtemps.

Xavier : Va à l'anniversaire avec Céline, comme ça, tu feras d'une pierre deux coups.

Tiphaine : Tu as raison, je n'y avais pas pensé !

對話

Xavier：明天晚上妳去參加 Fabien 的慶生會嗎？

Tiphaine：我猶豫不決……明天晚上我想要跟 Céline 出去。我很久沒看到她了。

Xavier：跟 Céline 一起去參加 Fabien 的慶生會，這樣妳不就一舉兩得了。

Tiphaine：你說得對，我沒有想到！

Garder quelque chose sous le coude

直譯 把東西保留在手肘下　**意譯** 以備不時之需

Définition 定義
Garder quelque chose à disposition, au cas où on en aurait besoin plus tard.

保留東西，留著以後有需要的時候再用。

Dialogue

Bastien : Ton déménagement s'est bien passé ?

Lucas : Oui, merci. Mais dans mon nouvel appartement, il n'y a pas de télé. Quand tu as acheté ta nouvelle télé, tu as jeté l'ancienne ?

Bastien : Non, je l'ai gardée sous le coude au cas où. Je peux te la donner si tu veux.

Lucas : C'est vrai ? Merci, c'est très gentil.

對話

Bastien：你搬家順利嗎？

Lucas：順利，謝謝你關心。但是在我新的公寓裡沒有電視。你買了一台新的電視機時，是否丟了舊的呢？

Bastien：沒有，我留著備用，萬一要用就有。如果你需要的話我可以給你。

Lucas：真的嗎？謝謝你，你真好。

🎵 MP3-68

Il ne faut pas pousser. (LC)

Il ne faut pas pousser le bouchon trop loin. (LC)

Il ne faut pas pousser mémé dans les orties. (LF)

直譯 不要推

不要把瓶塞推得太深

不要把奶奶推進蕁麻裡

意譯 不要太過分、誇張

 Définition 定義 Il ne faut pas exagérer, abuser.
不要誇張、濫用、過度使用。

Dialogue

Aurore : Ils sont vraiment très bons, ces chocolats.

Christelle : Tu en veux un autre ?

Aurore : D'accord, un dernier. Mais après on attend Paul avant d'en manger d'autres.

Christelle : Tu as raison, c'est quand même son cadeau d'anniversaire, alors il ne faut pas pousser.

Aurore : 這些巧克力真好吃。

Christelle : 妳要再吃一顆嗎？

Aurore : 好的，吃最後一顆。之後我們等 Paul 來再吃其它的巧克力。

Christelle : 妳說得對，這畢竟是他的生日禮物，而我們<u>不要太誇張</u>。

♪ MP3-69

Les doigts dans le nez

直譯 手指頭在鼻子裡　意譯 非常容易

Définition 定義

Très facile.

非常容易。

Dialogue

Wendy : Tu as quelle note à l'examen de français ?

Victor : J'ai eu douze sur vingt. Et toi ?

Wendy : J'ai eu vingt sur vingt ! <u>Les doigts dans le nez</u>, c'était trop facile !

Victor : Tu as triché.

對話

Wendy : 你的法文考試得了幾分？

Victor : 我得了12分。妳呢？

Wendy : 我得了20分！試題<u>很容易</u>，太容易了！

Victor : 妳作弊了。

說明

法國考試分數之算法是：20分等於台灣的100分。

Mettre les points sur les i et les barres sur les t (LC)

Remettre les pendules à l'heure (LC)

直譯 在i上加小點，在t上加一橫

把掛鐘撥準

意譯 約法三章，將事情說得一清二楚

Définition 定義 Expliquer, clarifier une situation auprès de quelqu'un pour qu'il corrige son comportement.

跟某人釐清解釋一種情況，以便改正他的行為。

Dialogue

Madeleine : Tu n'as pas fait la vaisselle ?

Suzanne : Non. Je n'aime pas trop faire la vaisselle…

Madeleine : Il faut que je <u>mette les points sur les i</u>. J'accepte de t'héberger chez moi pendant quelques jours parce que tu cherches un nouveau logement, mais il faut que tu participes aux tâches ménagères: la cuisine, la vaisselle, les courses.

Suzanne : D'accord, ça va… Je vais la faire.

Madeleine：妳沒有洗碗嗎？

Suzanne：沒有。我不太喜歡洗碗……

Madeleine：我應該<u>跟妳把話說清楚</u>。因為妳在找新的住處，所以我接受妳在我家住幾天，但是妳應該幫忙做家事：煮飯、洗碗、買菜等等。

Suzanne：好的……我現在去做。

Ne faire ni chaud ni froid à quelqu'un

直譯 既不讓某人熱也不讓某人冷 意譯 對某人無所謂

Définition 定義

Rendre indifférent, ne faire aucun effet à quelqu'un.
使人不在乎、無關緊要、對某人無任何影響。

Dialogue

Janine : Si tes amis viennent, je m'en vais.

Vivianne : Tu devrais faire des efforts pour être plus gentille avec eux. Ils disent souvent du mal de toi.

Janine : Ça ne me fait ni chaud ni froid. Je ne me préoccupe pas de ce que les autres pensent de moi.

Vivianne : Alors… Va-t'en !

對話

Janine：如果妳的朋友們來，我就離開。

Vivianne：妳應該盡力對他們更親切。因為他們經常說妳的壞話。

Janine：我無所謂。我不管別人對我的想法。

Vivianne：那麼……妳就先走吧！

MP3-72

Ne pas avoir froid aux yeux

直譯 眼睛不冷　意譯 膽子大

Définition 定義
Ne pas avoir peur, avoir du courage.
不害怕、有勇氣。

Dialogue

Adrien : Le chien du voisin fait encore du bruit tous les soirs ?

Sam : Il n'arrête pas d'aboyer, c'est insupportable. Ce soir, je vais frapper chez lui pour lui dire que ça suffit.

Adrien : Tu n'as pas froid aux yeux. Le voisin est ceinture noire de Karaté.

Sam : Je vais lui offrir des chocolats avant de lui parler de son chien.

對話

Adrien：鄰居的狗每天晚上還很吵嗎？

Sam：牠不停地吠，真令人受不了。今晚我去敲鄰居的門跟他說受不了。

Adrien：你膽子真大。你的鄰居是空手道黑帶。

Sam：我會送巧克力給他，再跟他談狗的事情。

On ne mélange pas les torchons et les serviettes (LC)

直譯 勿把抹布與餐巾混合在一起　意譯 不要混為一談

Définition
定義

On ne mélange pas les choses ou les gens importants avec les choses ou les gens pas importants.

不要把重要與次要的人、事、物混為一談。

Dialogue

Bénédicte : C'est bien qu'on mange ensemble après le travail une fois par semaine. Ça améliore l'ambiance dans notre entreprise.

Romuald : Oui, mais ce serait bien que le directeur vienne aussi avec nous un jour, non ?

Bénédicte : Il ne viendra jamais. On ne mélange pas les torchons et les serviettes.

Romuald : C'est vrai, pour lui, nous sommes seulement des employés. Il n'a pas envie de se mélanger avec nous.

對話

Bénédicte : 我們每週工作後聚餐一次是很好的。這樣能改善我們公司的氣氛。

Romuald : 是的，如果有一天主任也能跟我們聚餐，不是很好嗎？

Bénédicte : 他絕對不會來的。主任與職員根本是兩個不同的世界。

Romuald : 這是真的，對他而言，我們只是職員。他不想跟我們混在一起的。

🎵 MP3-74

Tourner la page

直譯 翻頁　意譯 過去的就算了，開始新的一頁

Définition 定義 Oublier le passé pour se consacrer à de nouveaux projets.
忘掉過去而致力於新的計畫。

Dialogue

Brice : Ça y est, j'ai jeté les affaires que Cécile avait laissées dans mon appartement.

David : Tu es encore triste qu'elle t'ait quitté ?

Brice : Non. J'ai tourné la page. Je suis prêt à rencontrer de nouvelles personnes.

David : Je vais te présenter ma cousine

對話

Brice : 做完了，我把 Cécile 留在我家的東西都丟出去了。

David : 她離開了你，你還難過嗎？

Brice : 不難過了。過去就讓它過去。我想要再認識新的人。

David : 我跟你介紹我的表妹。

MP3-75

Se faire l'avocat du diable

直譯 當魔鬼的律師 　**意譯** 替壞人辯護

> **Définition 定義**
>
> Savoir que quelqu'un est coupable ou que quelque chose est mal, mais donner quand même des arguments pour défendre ou expliquer.
>
> 明知某人作惡多端，卻依然提出論證，為他辯護或解釋。

Dialogue

Oscar : Sophie est très triste en ce moment. Tu sais ce qu'elle a ?

Anabelle : Elle a appris que son mari la trompait avec une autre femme.

Oscar : Moi, ça ne m'étonne pas. Je <u>me fais l'avocat du diable</u>, mais elle était toujours très méchante avec lui.

Anabelle : C'est vrai, mais ça ne l'excuse pas.

對話

Oscar : 目前 Sophie 很悲傷。妳知道她發生了什麼事情嗎？

Anabelle : 她得知她的先生有外遇。

Oscar : 對於這件事情我不覺得驚訝。我<u>還是要為他辯解</u>，還不都是因為她對他向來沒有好臉色。

Anabelle : 你說得沒錯，但是不能因為這樣就原諒他。

 MP3-76

Se tirer une balle dans le pied LC

直譯 在自己腳裡開一槍　**意譯** 拿石頭砸自己的腳

Définition 定義

Faire quelque chose sans réaliser que c'est contre son propre intérêt.

做某事而沒有察覺是違背自身的利益。

Dialogue

Ophélie : Tu sais que Frank a demandé sa petite amie en mariage ?

Fabrice : Ah bon ? C'est une grande nouvelle !

Ophélie : Oui, mais il s'est tiré une balle dans le pied en faisant ça.

Fabrice : Haha. Tu as raison; vivre avec elle, ça doit être un véritable enfer.

對話

Ophélie：Frank 已經跟他的女朋友求婚了，你知道嗎？

Fabrice：真的？這是天大的好消息！

Ophélie：話是沒錯，但是他這麼做根本就是拿石頭砸自己的腳。

Fabrice：哈哈。妳說得有道理；跟她生活在一起，根本是苦不堪言。

MP3-77 ♪

Ça tombe bien !

太巧了！

d) Les situations

（事情的）處境、狀況

L'Arc de Triomphe 凱旋門

Avoir du pain sur la planche

直譯 在木板上有麵包　**意譯** 有很多事要做

Définition 定義
Avoir du travail à faire qui nous attend.
有工作等著我們去做。

Dialogue

Victoria : Tout est prêt pour la réunion de demain ?

Arnaud : Pas du tout ! On doit tout préparer.

Victoria : D'accord. Il vaut mieux commencer tout de suite alors.

Arnaud : Oui. On a du pain sur la planche.

對話

Victoria：明天要開會的事都準備好了嗎？

Arnaud：都還沒準備好！我們應該準備好所有的東西。

Victoria：好的。那麼最好馬上開始。

Arnaud：好的。我們有很多工作要做。

♪ MP3-78

Avoir le couteau sous la gorge ⓁⒸ

Mettre le couteau sous la gorge de quelqu'un ⓁⒸ

直譯 在喉嚨下有刀子   **意譯** 受到威脅或壓力

將刀子放在某人的喉嚨下

Définition
定義

Recevoir une pression de la part de quelqu'un pour faire quelque chose.

感受到某人要求做某事的壓力。

Exercer une pression importante sur quelqu'un pour obtenir quelque chose.

在某人身上施壓以獲取利益。

Dialogue

Thibault : Je suis désolé, mais le week-end prochain je ne pourrai pas aller à Amsterdam parce que je dois travailler samedi et dimanche.

Candice : Oh non ! Tu avais dit que ce week-end-là tu ne travaillerais pas.

Thibault : Oui, mais je n'ai pas le choix, mon contrat se termine dans un mois et mon patron a beaucoup insisté. J'ai le couteau sous la gorge.

Candice : Oui, si tu refuses, ton patron ne renouvellera pas ton contrat. Tant pis pour notre week-end.

Thibault：我覺得很抱歉，下個週末我不能去阿姆斯特丹，因為星期六、日我都得工作。

Candice：不行！你之前跟我說這週末不用工作。

Thibault：是啊，我說過，但是我沒有選擇的餘地，我的合約到下個月，而我的老闆非常堅持不讓我去。我受到了他的威脅。

Candice：好的，如果你拒絕，你老闆將不再跟你續約。那我們週末只好泡湯了。

🎵 MP3-79

Avoir le cul entre deux chaises LTF

直譯 有屁股在兩把椅子中間　**意譯** 左右為難

Définition 定義 Être dans une situation qui fait hésiter entre deux décisions, entre deux comportements.
處在兩種決定或行為之間讓人猶豫不決。

Dialogue

Étienne : C'est bientôt l'anniversaire de ma fille.

Pascaline : Qu'est-ce que tu vas lui offrir ?

Étienne : Elle a très envie d'un scooter, mais ma femme dit que c'est trop dangereux, alors j'ai le cul entre deux chaises.

Pascaline : Oui, je comprends. Si tu n'offres pas un scooter à ta fille, elle ne sera pas contente, mais si tu lui offres, c'est ta femme qui ne sera pas contente… Réfléchis bien.

對話

Étienne：我女兒的生日快到了。

Pascaline：你要送她什麼禮物？

Étienne：她很想要一輛摩托車，但是我太太說騎摩托車太危險，因此我左右為難。

Pascaline：是啊，我了解。如果你不送你女兒摩托車，她會不高興，可是如果你送她摩托車，你太太會不高興……好好地考慮吧。

MP3-80

C'est la goutte d'eau qui fait déborder le vase ⓛⓒ

直譯 是水滴讓花瓶溢出水　**意譯** 壓垮駱駝的最後一根稻草

Définition 定義 C'est une petite chose de trop qui fait perdre patience ou qui met en colère. 一件多餘小事讓人失去耐心或使人生氣。

Dialogue

Valérie : Comment ça va, ton travail ? Tu as toujours des problèmes avec ton patron ?

Tristan : Je vais démissionner. Ce n'est plus possible.

Valérie : Pourquoi ? Qu'est-ce qui s'est passé ?

Tristan : Je fais déjà beaucoup d'heures supplémentaires non payées. Et dimanche dernier, alors que j'étais en week-end, mon patron m'a envoyé un mail me demandant d'écrire un rapport pour lundi. C'en est trop. <u>C'est la goutte d'eau qui fait déborder le vase.</u>

對話

Valérie : 你的工作好嗎？跟你的老闆還是處不來嗎？

Tristan : 我要辭職了。真的再也不可能待下去了。

Valérie : 為什麼？發生了什麼事情？

Tristan : 我已經免費加班很多時數了。上星期日我出去玩的時候，我的老闆寄了一封電子郵件給我，要求我星期一交份報告。實在太過分了。<u>這事已經嚴重到令我受不了。</u>

 MP3-81

C'est la cerise sur le gâteau

直譯 蛋糕上的櫻桃　意譯 錦上添花 / 禍不單行

Définition 定義 C'est une petite chose qui s'ajoute en plus d'une très bonne ou d'une très mauvaise chose.
在一件小事情上再添加一件很好的或很差的事情。

Dialogue

Gwendoline : Regarde, je t'ai acheté le livre que tu cherchais.

Édith : Merci, tu l'as trouvés où ? Il est très rare.

Gwendoline : J'ai cherché longtemps. Et il est dédicacé par l'auteur.

Édith : Wow ! C'est la cerise sur le gâteau, merci.

對話

Gwendoline：妳看看，我幫妳買了妳一直在找的書。

Édith：謝謝妳，妳在哪兒找到的？這本書很少見的。

Gwendoline：我找了很久。而且作者也簽了名。

Édith：我的天啊！這是錦上添花，謝謝妳。

MP3-82

Il n'y a pas le feu au lac

直譯 （在湖泊裡）沒有火　**意譯** 不緊急、不急迫

Définition 定義

Ce n'est pas urgent.

不緊急、不急迫。

Dialogue

Claude : J'ai réservé l'hôtel pour nos vacances en Martinique ce matin.

Vanessa : Tu as fini de faire tes valises ? On prend l'ordinateur avec nous ou tu n'en auras pas besoin ?

Claude : Détends-toi, il n'y a pas le feu au lac. On part dans un mois !

Vanessa : J'aime bien tout prévoir en avance…

對話

Claude：我們要去馬提尼克島渡假，今天早上我預定了旅館的房間。

Vanessa：你準備好了你的行李嗎？我們帶電腦還是你不需要？

Claude：放輕鬆點，不急。我們一個月後才出發！

Vanessa：我喜歡提早準備……

♪ MP3-83

Il y a anguille sous roche

直譯 在岩石下有鰻魚 **意譯** 事有蹊蹺

> **Définition 定義**
> Il semble se passer quelque chose de manière cachée ou discrète.
> 好像發生被隱藏或保密的事情。

Dialogue

Solange : Le président parle beaucoup de solidarité nationale ces dernières semaines. Tu as remarqué ?

Martine : C'est vrai. D'habitude il parle toujours de compétitivité des entreprises.

Solange : Ce n'est pas normal… Il y a anguille sous roche. Peut-être que les impôts vont augmenter l'année prochaine.

Martine : Espérons que non.

對話

Solange：這幾週以來總統談到很多國家的團結。妳發覺了嗎？

Martine：這是真的。通常他總是談到公司的競爭性。

Solange：這是不正常的……這事有蹊蹺。或許明年的稅要提高了。

Martine：希望不會。

MP3-84 🎵

Le jeu en vaut la chandelle ⓁⒸ

直譯 戲劇值得蠟燭　意譯 冒險是值得的（不入虎穴焉得虎子）

Définition
定義
L'objectif mérite qu'on fasse des efforts ou qu'on prenne un risque.
某個目標值得大家努力一試或冒險嘗試。

Dialogue

Max : Je pars au Pérou pour passer un entretien d'embauche.

William : Tu vas dépenser beaucoup d'argent pour aller là-bas, et tu n'es pas sûr que l'entreprise te recrute.

Max : Oui, mais le jeu en vaut la chandelle. C'est un poste très intéressant et très bien payé.

William : Bonne chance !

對話

Max：我前往秘魯去應徵工作面談。

William：去那裡要花很多錢，而且你也不確定公司是否會聘用你。

Max：我知道，不過還是值得一試。這個職務很有意思，待遇也很好。

William：祝你好運！

 MP3-85

Les carottes sont cuites

直譯 紅蘿蔔熟了　意譯 一切都完蛋了

Définition
定義

Il n'y a plus de solution, la situation est perdue.
再也沒有解決的辦法了，情況失利。

Dialogue

Bérangère : Mon appareil photo n'a plus de batterie. Tu as apporté le tien ?

Manu : Non.

Bérangère : Alors, les carottes sont cuites.

Manu : On n'aura pas de photos en souvenir. Tant pis.

對話

Bérangère : 我的相機沒有電池了。你帶了你的相機嗎？

Manu : 沒有。

Bérangère : 這下子真的大勢已去！

Manu : 我們將沒有相片作為紀念。算了吧。

N'avoir ni queue ni tête ⓁⒸ
Être sans queue ni tête ⓁⒸ
Ne rimer à rien ⓁⒸ

直譯 既沒有尾巴也沒有頭，都沒有任何押韻 **意譯** 沒頭沒尾

Définition 定義 N'avoir aucune logique, aucune cohérence, aucun sens.
沒有一點邏輯、協調、毫無意義。

Dialogue

Avril : Je n'ai rien compris au film.

Tanguy : Moi non plus. Au début, le héros est dans un aéroport, on ne sait même pas pourquoi. Ensuite, il dit qu'il veut manger, mais il va dans un casino, et les méchants lui tirent dessus sans raison.

Avril : Tu as raison. Ce film n'a ni queue ni tête.

Tanguy : On ira en voir un autre demain.

對話

Avril：我沒有看懂這部影片。

Tanguy：我也沒看懂。一開始男主角在一個機場，我們甚至不知道為什麼。然後，他說他想要吃東西，但是他卻去了賭場，接著，壞人不明就裡就對他開槍。

Avril：你說得有道理。這部影片沒頭沒尾。

Tanguy：我們明天去看另一部影片。

🎵 MP3-87

Ne pas être sorti de l'auberge (LC)

直譯 沒有從民宿出來 **意譯** 眼前問題尚未解決，而拖延時間

Définition 定義
Être loin d'avoir résolu un problème.
離解決問題還差得很遠。

Dialogue

Gaëtan : Ça fait une heure qu'on fait des courses. On va être en retard pour le dîner, dépêchons-nous.

Eugénie : Attends, je veux regarder quelques vêtements.

Gaëtan : Alors, on n'est pas sorti de l'auberge ! Quand tu regardes les vêtements, c'est toujours très long.

Eugénie : Ils nous attendront, c'est nous qui apportons l'apéritif.

對話

Gaëtan : 我們買東西買了一個小時。我們晚餐的約會將遲到了，趕快吧！

Eugénie : 等一下，我要看幾件衣服。

Gaëtan : 這下子正事未做反而拖更久的時間！妳買衣服總是沒完沒了的。

Eugénie : 他們會等我們，是我們帶開胃酒的。

Tomber bien / mal

直譯 掉下好（不好）　意譯 真是巧合（不巧）

Définition 定義 Arriver au bon ou au mauvais moment.
來的是時候或者來的不是時候。

Dialogue

Clarisse : Qu'est-ce qu'il fait dans la vie, ton frère ?

Gaëlle : Il est garagiste.

Clarisse : C'est vrai ? Ça <u>tombe bien</u> ! Ma voiture est justement en panne depuis hier.

Gaëlle : Je te donnerai son numéro de téléphone. Tu lui diras que tu viens de ma part.

對話

Clarisse : 妳弟弟做什麼工作？

Gaëlle : 他是修車的。

Clarisse : 真的？<u>太巧了</u>！我的車子正好昨天拋錨了。

Gaëlle : 我給妳他的電話號碼。妳就跟他說是我要妳去找他的。

♪ MP3-89

e) Les états
（人所處的）狀態

Le musée du Louvre 羅浮宮博物館

Avoir la tête dans les nuages ⓁⒸ

Être dans la lune ⓁⒸ

直譯 在雲層裡有頭，在月亮裡面　**意譯** 心不在焉、漫不經心

Définition 定義

Être distrait. Penser à autre chose.

分心、心不在焉。想其它的事情。

Dialogue

Mélissa : Qu'est-ce que tu regardes ?

Corentin : Pardon ? Ah, non, rien, je pensais à quelque chose. Alors, on commande un café ?

Mélissa : On est dans une boulangerie... Il n'y a pas de café. Tu vas bien ? Tu as la tête dans les nuages ces jours-ci.

Corentin : Oui, c'est vrai. C'est parce que je suis amoureux !

對話

Mélissa : 你在看什麼？

Corentin : 抱歉？啊，不，沒事，我一直在想件事情。我們現在點杯咖啡，好嗎？

Mélissa : 我們在麵包店……這裡沒有咖啡。你現在好嗎？你這些日子都心不在焉。

Corentin : 是啊，的確。那是因為我在戀愛了！

 MP3-90

Coûter un œil LF

Coûter les yeux de la tête LF

Coûter un bras LF

Coûter la peau des fesses LF

直譯 值一隻眼睛的代價　意譯 超貴的

值頭上眼睛的代價

值一條胳膊的代價

值屁股的皮的代價

Définition 定義

Coûter très cher.

價錢昂貴。

Dialogue

Rébecca : Il y a un restaurant mexicain près d'ici, ça te dit ?

Mylène : Est-ce que c'est bon ?

Rébecca : Oui, mais ça coûte un œil.

Mylène : Dans ce cas, comme je n'ai pas beaucoup d'argent en ce moment, je préfère manger chez moi. On ira une autre fois.

Rébecca : 在這附近有一家墨西哥餐廳，妳想去嗎？

Mylène : 好吃嗎？

Rébecca : 好吃，但是<u>超貴的</u>。

Mylène : 這樣的話，因為我目前沒有很多錢，我比較喜歡在家吃飯。我們
下次再去。

♪ MP3-91

Tomber dans les pommes

直譯 掉進蘋果堆裡 　意譯 昏倒

Définition
定義

S'évanouir.

昏倒。

Dialogue

Théo : Christophe a décidé d'arrêter la boxe.

Steven : Pourquoi ?

Théo : Pendant un match, il a reçu un coup sur la tête. Il <u>est tombé dans les pommes</u> et il s'est réveillé une heure après à l'hôpital. Après ça, il a décidé d'arrêter.

Steven : C'est un sport dangereux.

對話

Théo : Christophe 決定不打拳擊了。

Steven : 為什麼？

Théo : 在一次比賽中，他的頭被擊中了一拳，然後他就<u>昏倒了</u>。進醫院一小時之後才醒過來。之後他就決定不打了。

Steven : 拳擊是項危險運動。

C'est simple
comme bonjour !

這很簡單！

f) Les comparaisons

比較

La tour Eiffel 艾菲爾鐵塔

Avoir une faim de loup

直譯 野狼的飢餓 **意譯** 飢腸轆轆

Définition 定義

Avoir très faim.

非常餓。

Dialogue

Nina : Ça sent bon ! Qu'est-ce que tu cuisines ?

Valentin : Un boeuf bourguignon.

Nina : J'ai une faim de loup. C'est bientôt prêt ?

Valentin : Dans cinq minutes.

對話

Nina：聞起來很香！你正在煮什麼東西？

Valentin：紅酒洋蔥燒牛肉。

Nina：我很餓了。快好了嗎？

Valentin：五分鐘之後就好了。

♪ MP3-93

Être doux (douce) comme un agneau

直譯 像綿羊般的溫馴　**意譯** 溫和馴服

Définition 定義 Avoir un caractère très doux.

個性很溫和。

Dialogue

Anna : Est-ce que ton mari t'aide souvent dans les tâches ménagères ?

Maëlys : Oui, il s'occupe aussi des enfants.

Anna : Comme le mien, en plus mon mari <u>est doux comme un agneau</u>.

Maëlys : Le mien aussi. Qu'est-ce qu'on a de la chance !

對話

Anna：妳先生經常幫妳做家事嗎？

Maëlys：常幫忙的，他也照顧孩子。

Anna：跟我先生一樣，而且我先生<u>像綿羊般的溫馴</u>。

Maëlys：我先生也是。我們多幸運！

Être heureux(-euse) comme un poisson dans l'eau

直譯 幸福如同水中之魚　**意譯** 如魚得水

Définition 定義

Être très heureux(-euse).

非常幸福、快樂、高興。

Dialogue

Léonie : J'ai offert une poupée à la petite fille de Pauline.

Agathe : C'est une bonne idée, elle adore les poupées.

Léonie : Oui, elle a beaucoup joué avec, elle était heureuse comme un poisson dans l'eau.

Agathe : Son frère est plus difficile, il n'est jamais content quand je lui offre des cadeaux...

對話

Léonie : 我送了一個洋娃娃給 Pauline 的小女兒。

Agathe : 這是個好主意，她很喜歡洋娃娃。

Léonie : 是啊，她總是愛不釋手，玩得不亦樂乎。

Agathe : 倒是她弟弟比較搞不定，我送給他禮物時他從來都不高興……

🎵 MP3-95

Être malin(e) comme un singe

直譯 像猴子般機靈、聰明 **意譯** 聰明、機靈

Définition 定義

Être très malin(e).

非常聰明、機靈。

Dialogue

Anaëlle : Encore des bouchons ! On va arriver en retard.

Sacha : J'ai une idée, on va sortir de l'autoroute et traverser le centre commercial, ça fait un raccourci.

Anaëlle : Bonne idée ! Tu es malin comme un singe.

Sacha : Je suis née en 1977, c'est mon signe astrologique chinois.

對話

Anaëlle : 又塞車了！我們會遲到。

Sacha : 我有個想法，我們先下高速公路，穿過市區，這樣就能走捷徑了。

Anaëlle : 好主意！你像猴子般的機靈。

Sacha : 我1977年出生，這是我中國的生肖。

MP3-96 ♪

Manger comme un cochon

直譯 吃得像隻豬　意譯 吃相很髒

Définition 定義
Manger salement.
吃相很髒。

Dialogue

Éléna : Cédric, mange lentement ! Regarde, tu fais tomber des miettes partout.

Cédric : Mais, c'est trop bon, Maman, et j'ai faim aussi.

Éléna : Tu <u>manges comme un cochon</u>.

Cédric : Oui, mais c'est un petit cochon mignon.

對話

Éléna : Cédric，慢慢吃！你看，你把麵包屑掉得滿地。

Cédric : 但是，這太好吃了，媽媽，而且我也很餓。

Éléna : 你吃得像隻豬。

Cédric : 是啊，不過是隻可愛的小豬。

♪ MP3-97

180

Être rouge comme une tomate

直譯 像蕃茄般的紅　**意譯** 滿臉通紅

Définition 定義

Avoir le visage très rouge.

臉很紅。

Dialogue

Manon : Ce matin, tu as vu que Jacques portait des chaussettes de différentes couleurs ?

Clotilde : Oui. Il s'en est aperçu ?

Manon : Mylène le lui a fait remarquer devant tout le monde, il <u>est devenu rouge comme une tomate</u>.

Clotilde : Il a dû être très gêné.

對話

Manon：今天早上妳是否看到 Jacques 穿不同顏色的襪子？

Clotilde：看到了。他自己看到了嗎？

Manon：Mylène 在所有人的面前跟他說，他的<u>臉變得像蕃茄般的紅</u>。

Clotilde：他應該很尷尬。

Être rusé(e) comme un renard

直譯 像狐狸般的狡猾 **意譯** 奸詐狡猾

Définition 定義 Être très rusé(e), astucieux(-euse), malicieux(-euse).
非常奸詐狡猾。

Dialogue

Louis : Comment tu as fait pour que ta femme accepte que tu achètes une nouvelle télévision ?

Hugo : Je lui ai dit que comme ses parents n'avaient pas une bonne vue, ce serait plus confortable pour eux si on avait une télévision plus grande pour regarder ensemble des vidéos de famille.

Louis : Tu es rusé comme un renard.

Hugo : Maintenant, je peux regarder les matchs de foot sur un grand écran.

對話

Louis：你怎麼讓你的太太答應你買一台新的電視機呢？

Hugo：我跟她說她父母親的視力不是很好，如果我們有一個比較大的電視一起看家庭錄影帶就比較舒服。

Louis：你真是老奸巨猾。

Hugo：現在我可以在大螢幕上看足球賽。

🎵 MP3-99

Être serré(e)s comme des sardines

直譯 擠得像沙丁魚一樣 **意譯** 十分擁擠

> **Définition 定義**
> Être très serré(e)s.
> 非常擁擠。

Dialogue

Lily : Comment est-ce qu'on va au zoo ?

Adam : On prend le bus, d'accord ?

Lily : Non, il y a trop de monde dans le bus, on est toujours serrés comme des sardines.

Adam : Alors, allons-y à pied.

對話

Lily：我們怎麼去動物園？

Adam：我們搭公車去，好嗎？

Lily：不好，公車裡太多人了，我們總是擠得像沙丁魚一樣。

Adam：這樣的話，我們走路去吧。

Être simple comme bonjour

直譯 像問好般的簡單　**意譯** 簡單易懂

Définition 定義

Être très facile.

非常簡單。

Dialogue

Gabriel : Qu'est-ce qui est le plus difficile en français ?

Léo : C'est la grammaire. Par exemple, je ne comprends pas quelle est la différence entre le passé composé et l'imparfait...

Gabriel : C'est <u>simple comme bonjour</u> ! Le passé composé exprime une action ou un événement, alors que l'imparfait exprime une description, une situation ou une habitude.

Léo : Merci, je comprends maintenant !

對話

Gabriel：法文中最難的是什麼？

Léo：是文法。例如，我不懂複合過去時及未完成過去時之不同點……

Gabriel：這很簡單！複合過去時表達動作或事件，然而未完成過去時表達描寫、情況、習慣。

Léo：謝謝你的解說，現在我懂了！

🎵 MP3-101

Être têtu(e) comme un âne / une mule

直譯 像驢子般的固執　意譯 堅持己見

Définition 定義

Avoir un caractère très têtu(e).

個性非常固執。

Dialogue

Ambre : Claudine veut acheter une nouvelle voiture.

Louane : Mais elle en a déjà deux, ça ne sert à rien d'en acheter une troisième.

Ambre : C'est ce que j'ai essayé de lui expliquer, mais elle ne veut pas changer d'avis. Elle est têtue comme un âne.

Louane : Laisse-la faire, c'est son argent.

對話

Ambre：Claudine 想買一輛新車。

Louane：但是她已經有兩輛了，買第三輛沒什麼作用。

Ambre：這也是我試著跟她解釋過了，但是她不想改變想法。她像驢子般的固執。

Louane：讓她去買吧，反正這是她的錢。

MP3-102

J'ai une faim
de loup.

我很餓了。

III

Les gestes emblèmes

手勢的象徵

Il est fou.

他瘋了。

a) Les états

（人所處的）狀況

La tour Eiffel 艾菲爾鐵塔

Fou / folle

直譯 發瘋的

Définition 定義

Fou / folle.

發瘋的。

Comment faire 怎麼比

Variante 1 : Tapoter la tempe avec l'index.

用食指輕敲太陽穴。

Variante 2 : Faire pivoter plusieurs fois l'index sur la tempe.

把食指輕按在太陽穴上轉動數次。

Morgane : Tu as des nouvelles de Jean ?

Sébastien : Il va participer à une course de rallye.

Morgane : Il est <u>fou</u>. Il vient d'avoir son permis de conduire.
　　　　　　C'est dangereux.

Sébastien : Il aime l'aventure.

對話

Morgane : 你有 Jean 的消息嗎？

Sébastien : 他將要參加賽車。

Morgane : 他<u>瘋了</u>。他才剛拿到駕照。這很危險。

Sébastien : 他喜歡冒險。

Ivre

直譯 喝醉的

Définition 定義

Ivre.
喝醉的。

> **Comment faire 怎麼比**
>
> 1. Approcher le poing fermé près du bout du nez.
>   鼻前握拳。
>
> 2. Tourner le poing une ou plusieurs fois devant le nez dans le sens de l'intérieur.
>   將拳頭往內轉動一次或數次。

Claude : Hier soir, on a célébré la promotion de Jérémie.

Nadia : Il a beaucoup bu ?

Claude : Oui. Il était complètement <u>ivre</u>.

Nadia : Ce n'est pas grave, ça n'arrive pas souvent.

對話

Claude : 昨天晚上我們慶祝 Jérémie 升官。

Nadia : 他喝了很多酒嗎？

Claude : 對啊。他<u>醉</u>得不省人事。

Nadia : 這不嚴重，畢竟這也不是常有的事。

MP3-104 ♫

La peur

直譯 害怕

 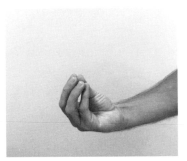

Définition 定義
Avoir peur (ton moqueur).
害怕（嘲笑的口氣）。

Comment faire 怎麼比

Faire se toucher la dernière phalange des cinq doigts. Séparer légèrement et rassembler plusieurs fois les phalanges.

將五根手指末節碰觸，輕輕開合數次。

Jonathan : Le rideau va se lever dans cinq minutes.

Philippe : Tout le monde est prêt ?

Jonathan : Paul est encore dans sa loge. C'est sa première représentation. Il a <u>peur</u>.

Philippe : Je vais l'encourager.

對話

Jonathan : 再過五分鐘幕就要升起了。

Philippe : 大家都準備好了嗎？

Jonathan : Paul 還在他的更衣室。這是他的首演。他<u>惶恐不安</u>。

Philippe : 我去給他打氣。

MP3-105

Se tourner les pouces 🇱🇫

 Définition 定義

S'ennuyer.

感到無聊。

Comment faire 怎麼比

Mains jointes par les doigts, tourner en continu les pouces l'un autour de l'autre.

雙手手指交叉，兩手拇指持續交互轉動。

Hugues : Notre train a eu une heure de retard.

Sandrine : Qu'est-ce que vous avez fait en attendant ?

Hugues : On était sur le quai, on s'est tourné les pouces.

Sandrine : La prochaine fois, vous prendrez l'avion.

對話

Hugues : 我們的火車遲到了一小時。

Sandrine : 你們在等火車時做什麼呢？

Hugues : 我們正在月台，我們無所事事覺得很無聊。

Sandrine : 下次你們搭飛機。

MP3-106

J'en ai assez !

我受夠了！

b) L'insatisfaction

不滿意

Notre-Dame de Paris 巴黎聖母院

Chut !

直譯 噓

Définition 定義

Silence !
安靜！

Comment faire 怎麼比

Poser l'index verticalement sur la bouche.

食指直立，與嘴垂直，貼於唇上。

Jean : Je t'attendrai devant le restaurant.

Manon : Quel restaurant ?

Jean : <u>Chut</u> ! Ce n'est pas à toi que je parle, je suis au téléphone.

Manon : Ça va, ça va, je me tais.

對話

Jean : 我會在餐館等妳。

Manon : 哪個餐館？

Jean : <u>不要說話</u>！我不是跟妳說，我在講電話。

Manon : 好的，好的，我不說了。

MP3-107

En avoir assez LF

直譯 受夠了

 Définition 定義

En avoir assez, en avoir marre, en avoir jusque là.

受夠了。

Comment faire 怎麼比

Passer d'un coup sec la main à plat au-dessus de la tête, de l'avant vers l'arrière.

將手放於頭上，由前往後揮動。

Aude : Tu as fini d'appeler Antoine avec mon téléphone ?

Grégoire : Oui, mais maintenant je voudrais appeler Lucie.

Aude : J'en ai assez, tu empruntes toujours mon téléphone pour appeler tes amis.

Grégoire : Oui, merci, tu es ma meilleure amie !

對話

Aude：你用我的電話打給 Antoine，你講完了嗎？

Grégoire：講完了，但是現在我還想打給 Lucie。

Aude：我受夠了，你總是借我的電話打給你的朋友們。

Grégoire：是的，謝謝妳，妳是我最好的朋友！

MP3-108 ♪

Partir discrètement ou précipitamment 🆕

直譯 悄悄地或是匆忙地離開

 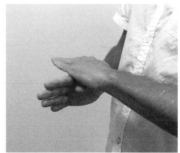

Partir discrètement ou précipitamment.

悄悄地或是匆忙地離開。

···· **Comment faire 怎麼比** ····

1. Mettre une main devant soi, paume vers le bas.

   一隻手置於身前，掌心朝下。

2. Avec la tranche intérieure de l'autre main, tapoter plusieurs fois la paume de la main du dessus.

   另一隻手做成手刀，往上輕觸數次另一隻手的掌心。

André : Cette conférence est vraiment ennuyeuse.

Clara : Oui, mais le directeur ne sera pas content s'il nous
voit partir.

André : On s'en va discrètement !

Clara : Allons-y.

André : 這場演講真無聊。

Clara : 是啊，但是如果主任看到我們離開，他將會不高興的。

André : 我們就偷偷地離開！

Clara : 走吧。

MP3-109

Rasoir, la barbe 🇱🇫

直譯 使人覺得無聊的、厭煩的

Définition 定義

Ennuyeux.
使人覺得無聊的、厭煩的。

Comment faire 怎麼比

Passer le revers de la main sur la joue de haut en bas.

手背從臉頰由上往下移動。

Marion : Hier soir, j'étais avec Robert toute la soirée.

René : C'était intéressant ?

Marion : <u>La barbe</u>. Il est <u>rasoir</u>. Il n'a pas arrêté de parler de sa collection de timbres.

René : Moi aussi je collectionne les timbres. Est-ce que tu sais qu'il y a quatre mille deux cent timbres dans la...

對話

Marion : 昨天整個晚上我都跟 Robert 在一起。

René : 有意思嗎？

Marion : 他很<u>無聊</u>。他不停地在談論他集郵的事。

René : 我也收集郵票。妳知不知道有四千兩百種郵票在……

MP3-110 ♫

Tant pis, laissons tomber ⒧Ⓕ

直譯 算了，讓它掉下去

 Définition 定義

Tant pis, laissons tomber.

算了。

···· **Comment faire 怎麼比** ················

Avec une main, simuler l'action de lancer quelque chose par-dessus son épaule. Peut être appuyé par un soupir d'exaspération.

用一隻手假裝把東西往肩上丟，可同時發出憤怒的嘆息聲。

Amandine : Tu es prêt ? L'avion part dans deux heures.

Olivier : J'ai oublié mon chargeur de téléphone… Tu crois que j'ai le temps de retourner chez moi le chercher ?

Amandine : <u>Tant pis, laisse tomber.</u> Tu en achèteras un en arrivant.

Olivier : D'accord.

對話

Amandine：你準備好了嗎？再過兩個小時飛機就要起飛了。

Olivier：我忘了我的電話的充電器⋯⋯妳想我還有時間回去找嗎？

Amandine：<u>算了</u>。你到了再買一個。

Olivier：好吧。

MP3-111

Va-t'en

直譯 走開

 Va-t'en !
走開！

Comment faire 怎麼比

Faire une ou plusieurs fois un geste de balayement avec le revers de la main.

用手背做出打掃的動作一次或數次。

Vanessa : Qu'est-ce que tu veux ? Je t'ai déjà dit de ne pas me déranger !

Joseph : Est-ce tu veux bien m'aider à…

Vanessa : Non, je n'ai pas le temps. <u>Va-t'en</u>. J'ai du travail à faire.

Joseph : Je vois. La prochaine fois, ne compte pas sur moi pour quoi que ce soit.

對話

Vanessa：你要什麼？我已經跟你說過了不要吵我！

Joseph：妳是否可以幫我忙……

Vanessa：不可以，我沒有時間。<u>走開</u>。我有工作要做。

Joseph：我知道了。下次有什麼事情，別指望我會幫妳。

**Tant pis,
laissons tomber.**

算了。

c) L'incertitude

不確定

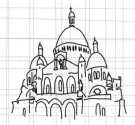

La basilique du Sacré-Cœur 聖心堂

Ne pas savoir

直譯 不知道

Définition
定義

Ne pas savoir.

不知道。

Comment faire 怎麼比

Ouvrir les mains devant soi paume vers le haut et hausser les épaules une fois en même temps. On peut gonfler la bouche d'air, qui sort en faisant du bruit avec les lèvres serrées.

兩手置於胸前，掌心朝上，同時聳肩。亦可嘴裡鼓氣，將氣從緊閉的嘴唇送出並發出聲響。

Stéphanie : J'apprends le chinois depuis trois ans.

Jacques : Comment est-ce qu'on dit
« anticonstitutionnellement » en chinois ?

Stéphanie : Je <u>ne sais pas</u>.

Jacques : C'est normal, ce mot s'emploie rarement.

Stéphanie：我學中文學了三年。

Jacques：「anticonstitutionnellement」這個字的中文怎麼說？

Stéphanie：我<u>不知道</u>。

Jacques：這很正常，這個字很少用的。

MP3-113 🎵

Environ LF

直譯 大約

 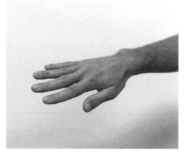

Définition 定義

À peu près. Plus ou moins.
大約。

Comment faire 怎麼比

La main ouverte paume vers le bas, doigts moyennement écartés, pivote plusieurs fois de droite à gauche.

手掌向下稍微張開平放，左右旋擺數次。

Aurélien : Pour faire des crêpes, il faut quelle quantité pour chaque ingrédient ?

Louise : Avec 300 grammes de farine, 3 œufs et 30 cl de lait, 3 cuillères à soupe de sucre, 2 cuillères à soupe d'huile d'olive et 50 grammes de beurre, tu peux faire <u>environ</u> quinze crêpes.

Aurélien : D'accord, je vais préparer la pâte.

Louise : Tu peux aussi ajouter un petit verre de rhum !

Aurélien : 要做可麗餅，每樣材料需要多少份量？

Louise : 三百公克的麵粉、三個雞蛋、三十毫升的牛奶、三大匙的糖、兩大匙的橄欖油、五十公克的奶油，你可以做<u>大約</u>十五個可麗餅。

Aurélien : 好的，我要準備麵皮。

Louise : 你也可以加一杯蘭姆酒！

MP3-114

Mon oeil !

我才不相信！

d) L'opinion, l'évaluation

意見、評估

L'Arc de Triomphe 凱旋門

Entre guillemets 🇫🇷

直譯 引號

 Définition 定義

Soi-disant.
所謂的。

Comment faire 怎麼比

Symboliser des guillemets avec l'index et le majeur des deux mains.

用兩隻手的食指與中指表示引號。

Dialogue

Astride : Tu as l'air soucieux, qu'est-ce qui ne va pas ?

François : Un ami m'a volé de l'argent dans mon sac.

Astride : Tu le connais depuis longtemps, cet « ami » ?

François : Oui, je n'aurais jamais pensé qu'il puisse faire ça. Je croyais qu'on était bons amis.

對話

Astride : 你看起來很憂慮，發生什麼事情？

François : 一個朋友偷了我袋子裡的錢。

Astride : 你認識「這個朋友」很久了嗎？

François : 是的，我本來沒有想過他會做這種事情。我一直以為我們是好朋友。

Mon œil

直譯 我的眼睛

Définition 定義 Je n'y crois pas du tout, c'est un mensonge.
我一點都不相信,這是個謊言。

Comment faire 怎麼比

1. Poser l'indexe au-dessous de l'œil.
   食指置於眼睛下緣。

2. Tirez très légèrement vers le bas.
   輕輕往下拉。

Ludivine : Est-ce que tu crois aux extraterrestres ?

Benoît : Bien sûr, ce matin j'ai vu une soucoupe volante dans la forêt.

Ludivine : <u>Mon œil</u> ! Ça n'existe pas.

Benoît : Regarde, j'ai pris une photo.

對話

Ludivine : 你相信外星人嗎？

Benoît : 當然相信，今天早上我在森林裡看到一個飛碟。

Ludivine : <u>我才不相信</u>！外星人根本不存在。

Benoît : 妳看，我照了一張相片。

MP3-116

Oh là là ! LF

直譯 喔啦啦！

 Définition 定義

Incroyable !
不可思議！天呀！

Comment faire 怎麼比

Secouer la main de haut en bas devant soi.

手放胸前，上下甩動數次。

Camille : Combien coûte cette bouteille de vin ?

Jean-Luc : Deux mille euros.

Camille : <u>Oh là là</u> ! C'est trop cher.

Jean-Luc : Elle date de 1920.

Camille：這瓶酒多少錢？

Jean-Luc：兩千歐元。

Camille：<u>天呀</u>！太貴了。

Jean-Luc：這是1920年的酒。

MP3-117 🎵

Oh là là !

天呀！

e) Les formules de politesse

禮貌用語

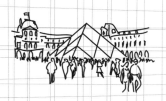

Le musée du Louvre 羅浮宮博物館

Croiser les doigts

直譯 交叉手指頭

Définition 定義 Souhaiter une bonne chance à quelqu'un ou à soi-même.

祝福某人或自己好運。

Comment faire 怎麼比

Croiser l'index et le majeur (ce dernier au-dessus), d'une ou des deux mains.

食指與中指交叉，中指在上，一隻手或兩隻手皆可。

Jean-Christophe : Demain, je passe le concours de médecine.

Sarah : Il paraît que c'est très difficile.

Jean-Christophe : J'ai beaucoup révisé, je <u>croise les doigts</u>.

Sarah : Bonne chance !

對話

Jean-Christophe：明天我要參加醫學考試。

Sarah：聽說很難。

Jean-Christophe：我複習了很多次，我<u>希望能通過</u>。

Sarah：祝你好運！

MP3-118 🎵

La bise de salutation 🇫🇷

直譯 問候或說再見的親吻

 Définition 定義

Bonjour / Au revoir.
你好 / 再見。

> **Comment faire 怎麼比**
>
> Coller joue contre joue et faire un bruit de bise avec la bouche, puis répéter de l'autre côté.
>
> 臉頰貼臉頰，嘴巴發出親吻的聲音，然後再換邊做相同的動作。

- entre un homme et une femme ou entre deux femmes dans le cadre amical, et entre deux hommes s'ils sont de la même famille ou très proches.

朋友之間：男女之間或兩個女人之間。如果兩個男人來自同一個家庭或很要好也可以。

- en commençant par la droite ou par la gauche, et de une à quatre fois, selon les régions.

親吻臉頰可從右邊也可從左邊開始，親一下到四下則依地區而異。

Dialogue

Angèle : Salut ! Ça fait longtemps ! (Bise, bise)

Lucas : On est à Montpellier. Ici, c'est trois.

Angèle : Ah oui, c'est vrai. (Bise). J'oublie à chaque fois.

Lucas : Le voyage n'était pas trop fatigant ?

對話

Angèle：你好！好久不見了！（親臉頰兩下）

Lucas：現在我們在 Montpellier。這裡的人打招呼是親臉頰三下。

Angèle：對啊，真的。（再親一下）。我每次都忘記。

Lucas：旅行不會令妳太疲倦嗎？

MP3-119 🎵

La bise à distance 🅛🅕

直譯 遠距離的親吻

 Au revoir (à distance).

再見（遠距離）。

Comment faire 怎麼比

Faire un bisou dans sa main, puis souffler sur celle-ci en direction du destinataire.

在手裡親個吻，然後將這個吻往對方吹過去。

Adeline : Je vais être en retard, je dois partir.

Bastien : Oui, dépêche-toi.

Adeline : Vous êtes trop nombreux, je vous fais la bise de loin. Au revoir ! (Bise à distance).

Bastien : À bientôt !

對話

Adeline : 我要遲到了，我該走了。

Bastien : 好吧，趕快離開。

Adeline : 你們人太多了，我就遠遠地跟你們說再見。再見！
（遠距離的親吻）

Bastien : 改天見！

MP3-120

Non, merci LF

直譯 不，謝謝

Définition
定義
Non, merci.
不，謝謝。

···· **Comment faire 怎麼比** ····

Montrer la paume d'une ou des deux mains, doigts vers le haut, et la ou les secouer plusieurs fois de droite à gauche.

拿出一隻或兩隻手的手心，手指頭朝上，並右左揮多次。

Francis : Est-ce qu'on peut discuter cinq minutes ?

Justine : Bien sûr, assieds-toi. Tu veux une tasse de café ?

Francis : <u>Non, merci</u>, ça va.

Justine : Alors, de quoi tu veux parler ?

對話

Francis：我們可以談五分鐘嗎？

Justine：當然可以，請坐。你要喝杯咖啡嗎？

Francis：<u>不，謝謝妳</u>。

Justine：那麼你想要說什麼？

MP3-121

I . Le vocabulaire argotique 口語詞彙

1 Les verbes 動詞

③ Les adjectifs 形容詞

II. Les expressions idiomatiques 慣用語

III. Les gestes emblèmes 手勢的象徵

參考書目

1 Alain Rey, Sophie Chantreau, *Dictionnaire d'expressions et locutions*, Le Robert, 2015.

2 Isabelle Chollet, Jean-Michel Robert, *Précis les expressions idiomatiques*, CLE International, 2008.

3 Georges Planelles, *Les 1001 expressions préférées des Français*, L'OPPORTUN, 2014.

4 Larousse, *Le pourquoi et comment des expressions françaises*, Larousse, 2010.

5 Marie-Dominique POREE-RONGIER, *Les Expressions françaises pour les Nuls poche*, First, 2015.

6 Pascale Perrier, *Petit dictionnaire insolite des expressions gourmandes*, Larousse, 2016.

7 Stéphane de Groodt, *200 drôles d'expressions*, Le Robert, 2015.

國家圖書館出版品預行編目資料

法國人怎麼說：口語詞彙‧慣用語‧手勢 /
楊淑娟、David Fontan合著
--初版-- 臺北市：瑞蘭國際, 2016.10
256面；17 × 23公分 --（繽紛外語系列；62）
ISBN：978-986-5639-81-5（平裝附光碟片）
1.法語 2.讀本

804.58   105011146

繽紛外語系列 62

法國人怎麼說
口語詞彙‧慣用語‧手勢

作者｜楊淑娟、David Fontan‧責任編輯｜葉仲芸、王愿琦
校對｜楊淑娟、David Fontan、葉仲芸、王愿琦

法語錄音｜Anne-Laure Vincent、Romain Gadant、Wendy Périé、David Rioton
錄音室｜采漾錄音製作有限公司
封面、版型設計｜余佳憓‧內文排版｜林士偉、余佳憓‧插畫繪製｜Ruei Yang

董事長｜張暖彗‧社長兼總編輯｜王愿琦‧主編｜葉仲芸
編輯｜潘治婷‧編輯｜紀珊‧編輯｜林家如‧編輯｜何映萱‧設計部主任｜余佳憓
業務部副理｜楊米琪‧業務部組長｜林湲洵‧業務部專員｜張毓庭

法律顧問｜海灣國際法律事務所　呂錦峯律師

出版社｜瑞蘭國際有限公司‧地址｜台北市大安區安和路一段104號7樓之1
電話｜(02)2700-4625‧傳真｜(02)2700-4622‧訂購專線｜(02)2700-4625
劃撥帳號｜19914152 瑞蘭國際有限公司‧瑞蘭網路書城｜www.genki-japan.com.tw

總經銷｜聯合發行股份有限公司‧電話｜(02)2917-8022、2917-8042
傳真｜(02)2915-6275、2915-7212‧印刷｜宗祐印刷有限公司
出版日期｜2016年10月初版1刷‧定價｜350元‧ISBN｜978-986-5639-81-5

瑞蘭國際